D0802702

Deseo

Secretos de cama
Yvonne Lindsay

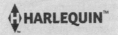

HARLEQUIN™

Editado por Harlequin Ibérica.
Una división de HarperCollins Ibérica, S.A.
Núñez de Balboa, 56
28001 Madrid

© 2016 Dolce Vita Trust
© 2017 Harlequin Ibérica, una división de HarperCollins Ibérica, S.A.
Secretos de cama, n.º 2103 - 3.8.17
Título original: Arranged Marriage, Bedroom Secrets
Publicada originalmente por Harlequin Enterprises, Ltd.

I.S.B.N.: 978-84-687-9796-0
Depósito legal: M-15504-2017
Impresión en CPI (Barcelona)
Fecha impresion para Argentina: 30.1.18
Distribuidor exclusivo para España: LOGISTA
Distribuidores para México: CODIPLYRSA y Despacho Flores
Distribuidores para Argentina: Interior, DGP, S.A. Alvarado 2118.
Cap. Fed./Buenos Aires y Gran Buenos Aires, VACCARO HNOS.

Capítulo Uno

–Angel, ¿esa no eres tú?

Mila, a quien todo el mundo allí, en Estados Unidos, conocía por el diminutivo de su segundo nombre, apartó un mechón de pelo negro de su rostro y levantó la vista, irritada, de las notas que estaba repasando en su cuaderno.

–¿Eh?

Su amiga y compañera de cuarto, Sally, que estaba viendo las noticias del corazón, señaló el televisor.

–Esa de ahí –respondió–. Eres tú, ¿no?

El corazón le dio un vuelco a Mila. En el programa que estaba viendo su amiga, y que se retransmitía en todo el país, estaban mostrando las espantosas fotos oficiales de su compromiso con el príncipe Thierry de Sylvain, siete años atrás. En ellas se la veía con dieciocho años, sobrepeso, aparato de dientes y un corte de pelo que se había hecho en un intento desesperado por parecer más sofisticada, aunque lo único que había logrado era parecer un payaso, pensó estremeciéndose.

–No me lo puedo creer… –murmuró Sally fijando su mirada en ella–. Esa eres tú hace unos años, ¿no? –insistió en un tono acusador, señalando de nuevo el televisor–. ¿Eres la princesa Mila Angelina de Erminia? ¿Es ese tu verdadero nombre?

De nada le serviría negarlo. Sally había descubierto

3

su secreto. Milla contrajo el rostro y se limitó a agachar la cabeza, volviendo a las notas de su tesis, la tesis que seguramente no le permitirían que completara.

–¿Vas a casarte con un príncipe? –le preguntó Sally indignada.

Lo que no sabía era si le indignaba que estuviese comprometida con un príncipe o que le hubiese ocultado quién era durante todo ese tiempo. Suspiró y soltó el bolígrafo. Como procedía de un minúsculo reino europeo, había pasado desapercibida desde su llegada a Estados Unidos, siete años atrás, pero era evidente que le debía una explicación a su amiga.

Se conocían desde el primer año de universidad y, aunque al principio Sally se había mostrado algo sorprendida de que tuviera carabina, de que no tuviese citas, y de que cuando iba a algún sitio fuese acompañada de escoltas, nunca había cuestionado esos detalles porque era hija de un millonario y vivía, como ella, constreñida por normas.

Mila exhaló un pesado suspiro.

–Sí, soy Mila Angelina de Erminia, Y sí, estoy prometida a un príncipe.

–O sea que… ¿es verdad?, ¿eres una princesa?

Mila asintió y contuvo el aliento, esperando la reacción de su amiga. ¿Estaría enfadada con ella? ¿Perdería por aquello a la amiga a la que tanto apreciaba?

–Ahora mismo siento como si no te conociera, pero… ¡madre mía, qué pasada! –exclamó Sally.

Mila puso los ojos en blanco y se rio con alivio.

–Siempre tuve la sensación de que había cosas que no me contabas –murmuró Sally, yendo a sentarse en el sofá, junto a ella–. Bueno, háblame de él. ¿Cómo es?

—¿Quién?

Entonces fue Sally la que puso los ojos en blanco.

—El príncipe. ¿Quién va a ser? Venga, Angel, puedes contármelo; no se lo diré a nadie. Aunque, la verdad, me molesta que hayas estado ocultándome esto durante todos estos años.

Sally suavizó sus palabras con una sonrisa, pero era evidente que estaba dolida. ¿Cómo iba a explicarle que, a pesar de llevar años comprometida con el príncipe Thierry, apenas lo conocía? Solo se habían visto una vez: el día en que se habían conocido y se había hecho público el compromiso. Luego el único contacto que habían mantenido había sido por cartas de carácter formal enviadas por valija diplomática.

—La... la verdad es que no lo sé —admitió—. Pero lo he buscado en Google.

Su amiga se rio.

—No te imaginas lo raro que ha sonado eso. Es de locos... Es como en un cuento: una princesa prometida desde la niñez, bueno, en tu caso desde la adolescencia, a un príncipe de otro reino... —Sally suspiró y se llevó una mano al pecho—. Es tan romántico... ¿Y lo único que se te ocurre decir es que lo has buscado en Google?

—De romántico no tiene nada. Si me voy a casar con él es por el deber que tengo para con mi país y mi familia. Erminia y Sylvain han estado al borde de una guerra durante la última década. Se supone que mi unión con el príncipe Thierry unirá a nuestras naciones... aunque no es algo tan simple.

—Pero... ¿no te gustaría casarte por amor?

—¡Pues claro que me gustaría!

Mila bajó la vista y se quedó callada. Amor... Siempre había soñado con llegar a conocer el amor, pero desde la cuna la habían criado para servir a su país, y sabía que el deber no era algo que conjugase bien con el amor. En lo que se refería a su compromiso, nadie le había pedido su opinión. Se lo habían expuesto como una responsabilidad y, como tal, ella la había aceptado. ¿Qué otra cosa habría podido hacer?

Conocer al príncipe había sido una experiencia aterradora. Seis años mayor que ella, era culto, carismático, guapo y rebosaba confianza en sí mismo... todo lo contrario que ella. Y no se le había escapado la cara de consternación que había puesto, aunque hubiese disimulado de inmediato, cuando los habían presentado.

Cierto que entonces su aspecto había dejado mucho que desear, pero aún la hería en el orgullo pensar que no había estado a la altura de sus expectativas. Además, tampoco podría haber dicho al verla que había cambiado de idea y no quería casarse. Él, al igual que ella, no era más que un peón al servicio de los gobiernos de sus países en aquel plan que habían ideado para intentar aplacar la animosidad entre ambas naciones.

–¿Y por qué viniste a estudiar aquí? –inquirió Sally–. Si lo que se busca con vuestra unión es la paz, ¿por qué no se celebró la boda de inmediato?

Mila volvió a recordar la expresión del príncipe Thierry al verla. Aquella expresión había hecho que se diera cuenta de que, si quería llegar a ser para él algo más que una mera representación del deber hacia su pueblo, debería esforzarse para convertirse en su igual, empezando por mejorar su educación. Por suerte, su hermano Rocco, el rey de Erminia, había llegado a la misma conclusión que ella, y había dado su consentimiento cuando le había expuesto su plan de completar sus estudios en el extranjero.

–El acuerdo al que llegamos era que nos casaríamos el día en que cumpla los veinticinco.

–¡Pero eso es a finales del mes que viene!

–Lo sé.

–Si ni siquiera has acabado el doctorado…

Mila pensó en todos los sacrificios que había hecho hasta la fecha. No completar su tesis doctoral sería probablemente el más duro de todos. Aunque ante la insistencia de su hermano se había matriculado en algunas asignaturas sueltas de Ciencias Políticas, pero la carrera que había escogido había sido Ciencias Medioambientales. La razón era que se había enterado de que al príncipe Thierry le apasionaba todo lo que tuviera que ver con la naturaleza, y después de todos esos años de estudio a ella le había ocurrido lo mismo.

Le dolía pensar que tal vez no podría presentarse ante él con el título de doctora, pero tendría que apretar los puños y aceptarlo. No había planeado pasar tanto tiempo como estudiante, pero por su dislexia, los primeros años de universidad habían resultado más difíciles de lo que había esperado, y había tenido que repetir varias asignaturas.

–¡Madre mía, es guapísimo! –exclamó Sally, que había vuelto a centrar su atención en la pantalla.

Mila resopló mientras cerraba su cuaderno.

–A mí me lo vas a decir… –murmuró–. ¡Y eso que esas fotos son de hace siete años! Supongo que estará muy cambiado y…

–No, mira, estas imágenes son de ahora –la interrumpió Sally impaciente, agarrándola por el brazo con una mano y señalando con la otra–. Está en Nueva York, en esa cumbre medioambiental de la que nos habló el profesor Winslow hace unas semanas.

Mila giró la cabeza tan deprisa que le dio un latigazo en el cuello.

–¿Está aquí?, ¿en Estados Unidos? –preguntó aturdida, masajeándose el trapecio con la mano.

Fijó la mirada en la pantalla. Sí que estaba bastante cambiado, y aún más guapo, si es que eso era posible. El corazón le palpitó con fuerza y sintió que una mezcla de emociones contradictorias se agolpaba en su interior: miedo, deseo, melancolía…

–¿No sabías que iba a ir a Nueva York? –le preguntó su amiga.

Mila despegó los ojos de la pantalla y tuvo que hacer un esfuerzo para que pareciera que no le importaba.

–No, pero me da igual.

–¿Que te da igual? ¿Cómo que te da igual? –chilló Sally–. Ese tipo viaja miles de kilómetros para venir al país en el que llevas viviendo siete años… ¿y ni siquiera es capaz de llamar para decírtelo?

–Bueno, probablemente solo esté aquí en visita oficial y vaya a quedarse poco tiempo –replicó Mila–. Y seguro que tiene una agenda muy apretada. Además, yo estoy aquí, en Boston; no estamos precisamente a dos pasos –se encogió de hombros–. Y tampoco importa, la verdad. No falta nada para que nos veamos: nos casamos dentro de poco más de cuatro semanas.

La voz se le quebró al decir esas últimas palabras. Aunque intentara mostrarse indiferente, lo cierto era que sí le dolía. ¿Tanto le habría costado hacerle saber que iba a ir a Estados Unidos?

—Pues a mí me parece increíble que no vayáis a veros, ya que está aquí —continuó Sally, que no parecía dispuesta a dejarlo estar—. ¿En serio no quieres verle?

—Como te he dicho, lo más probable es que no tenga tiempo para que nos veamos —repuso Mila.

Prefería no entrar en lo que quería o no quería en lo tocante al príncipe Thierry. Había intentado convencerse muchas veces de que el amor a primera vista no era más que un invento de las películas y las escritoras de novelas rosas, pero desde el día en que se habían conocido no había podido dejar de pensar en él. ¿Podría ser amor?

—Bueno, pues si fuera mi prometido —apuntó Sally—, aunque no me hubiera dicho que venía, iría a verlo yo.

Mila se rio, y respondió como su amiga esperaría que respondiese:

—Ya, pues no es tu prometido, sino el mío, y no pienso compartirlo contigo.

Sally se rio también, y Mila volvió a girar la cabeza hacia el televisor. En ese momento estaban hablando de ella. La reportera estaba diciendo que se sabía que estaba estudiando en el extranjero, y especuló acerca de su paradero, que la Casa Real de Erminia había mantenido celosamente en secreto durante todos esos años. Claro que, si Sally la había reconocido al ver esas imágenes, ¿no la reconocerían también otras personas?

Confiaba en que nadie más estableciese la conexión entre ella y aquellas fotos del patito feo que había sido. Ya no era aquella chica apocada con una boca demasiado grande para su cara y mejillas y piernas regordetas. Porque por suerte, en algún momento entre los diecinueve y los veinte años, se había producido una transformación milagrosa en ella.

Había perdido los diez kilos que le sobraban, sus facciones se habían hecho más finas, la permanente que lucía en aquellas fotos ya solo era un recuerdo humillante, y por fin tenía la elegancia y la desenvoltura que le habían faltado en su adolescencia.

¿La encontraría atractiva ahora el que pronto sería su marido? Detestaba pensar que pudiera causarle rechazo, y más con lo atraída que se sentía ella por él.

Dentro de solo unas semanas regresaría a Erminia. Había llegado el momento de volver a echarse sobre los hombros el manto de responsabilidad que durante aquellos siete años había dejado a un lado, y asumir de nuevo su posición de princesa.

Aquel matrimonio era muy importante para Erminia y para Sylvain. La frágil paz entre ellos se había hecho añicos varias décadas atrás, a raíz del escandaloso idilio entre la reina de Sylvain, la madre del príncipe Thierry, y un diplomático de Erminia.

Cuando la reina y su amante habían perdido la vida en un terrible accidente de coche, los gobiernos de ambas naciones se habían acusado mutuamente, y la exhibición de fuerza militar por una y otra parte en la frontera había generado inquietud entre sus gentes.

Mila comprendía que se esperaba que su enlace con el príncipe Thierry fuera el comienzo de una alianza duradera entre Erminia y Sylvain, que pusiera fin a aquella tormenta diplomática, pero ella quería algo más que un matrimonio concertado. ¿Era desear demasiado que el príncipe pudiera llegar a amarla?

Mila alcanzó el mando a distancia y le quitó la voz al televisor, decidida a volver a su tarea, pero Sally aún no había dado el tema por zanjado.

–Deberías ir a Nueva York y encontrarte con él, plantarte en la puerta de la suite de su hotel y presentarte –la instó.

Mila soltó una risa amarga.

–Aunque consiguiera salir de Boston sin que se enteraran mi carabina y mis escoltas, no podría llegar hasta él porque sus guardaespaldas me lo impedirían. Es el príncipe heredero de Sylvain.

Sally puso los ojos en blanco.

–Y tú eres su prometida, ¡por amor de Dios! Seguro que sacaría tiempo para verte. Y en cuanto a Bernadette y los gorilas –dijo refiriéndose a su carabina y sus dos escoltas–, creo que podría ocurrírseme un modo de darles esquinazo… si estás dispuesta, claro está.

–No puedo hacer eso. Además, ¿y si mi hermano se enterara?

Sally no sabía que su hermano era el rey de Erminia, pero sí que había sido su tutor legal desde la muerte de sus padres, muchos años atrás.

–¿Y qué haría?, ¿castigarte sin salir? –se burló Sally–. ¡Vamos!, tienes casi veinticinco años y te has pasado los últimos siete aplicada a los estudios y tienes por delante toda una vida de cenas de estado mortalmente aburridas y actos oficiales. Tienes derecho a divertirte un poco, ¿no crees?

–En eso tienes razón –contestó Mila con una sonrisa traviesa–. ¿Qué sugieres?

–El profesor Winslow dijo que si queríamos podía conseguirnos entradas para la serie de charlas sobre sostenibilidad en la cumbre de Nueva York –respondió Sally–. ¿Por qué no aceptamos su oferta? La cumbre empieza mañana y hay una charla a la que podríamos… «asistir» –dijo entrecomillando la palabra con los dedos– pasado mañana. Nos alojaríamos en un hotel céntrico, cerca de donde se aloja el príncipe. Podríamos salir mañana por la tarde en el jet privado de mi padre. Si le digo que es por mis estudios no me pondrá ningún problema. Pediremos una suite de dos habitaciones: una con dos camas que compartiremos tú y yo, y otra para Bernie. Cuando hayamos hecho el *check in* subimos a la suite, y una vez allí tú te sientes «indispuesta» –añadió entrecomillando de nuevo con los dedos–. Puedes decir que te duele mucho la cabeza y te acuestas. Bernie y yo nos quedaremos en el salón leyendo o viendo la televisión. Cuando pase una hora o así le diré que voy a salir a dar una vuelta y entraré un momento en la habitación con la excusa de ir a por mis gafas de sol o algo así. Y entonces será cuando hagamos el cambiazo: nos llevaremos una peluca rubia para que parezcas yo y un sombrero. Te pones mi ropa, yo me meto en la cama para que si entra Bernie crea que soy tú. Los chicos estarán montando guardia en el pasillo, pero cuando te vean salir también pensarán que soy yo. ¿Qué te parece?

–No se lo tragarán.

–Por intentarlo no perdemos nada, ¿no? Venga, Angel, ¿qué es lo peor que podría pasar?

Mila sopesó la idea. El plan de Sally parecía tan absurdo, y a la vez tan simple, que tal vez sí funcionara.

–Está bien; lo haremos.

No podía creerse que hubiera dicho eso, pero un cosquilleo de emoción la recorrió.

–¡Estupendo! –exclamó Sally, y añadió con una sonrisa perversa–: Esto va a ser divertido.

Capítulo Dos

Muerto… El rey había muerto… Larga vida al rey…

Ajeno al hermoso atardecer que estaba cayendo sobre la ciudad de Nueva York, Thierry, que aún estaba aturdido por la noticia, se paseaba arriba y abajo por la suite del hotel.

Ahora él era el rey de Sylvain y todos sus dominios, pues al haber exhalado su padre su último aliento, la corona había pasado automáticamente a él.

Una ráfaga de ira lo invadió. Su padre había tenido que morirse justo cuando él estaba fuera; no podía haber esperado a su regreso… Claro que era algo típico de él, andar siempre fastidiándolo. Hasta había insistido en que hiciera aquel viaje, sabiendo que estaba muriéndose. Quizá incluso lo hubiera hecho con toda la idea, porque sabía que no podría volver antes de su fallecimiento. Los arrebatos de emoción siempre lo habían incomodado.

Aunque habría sido difícil que se hubiese puesto sensible, teniendo en cuenta lo distante que su padre se había mostrado siempre con él, y cuando no estaba reprendiéndolo por la más mínima falta, se había encargado de recordarle a cada ocasión su deber para con su pueblo.

Sin embargo, más allá de la frustración y la ira que se agitaban dentro de él, Thierry sentía una honda pena, tal vez más por la relación padre-hijo que nunca habían llegado a tener que por los desencuentros entre ellos.

–¿Señor? –insistió su secretario, sacándolo de sus pensamientos–. ¿Hay algo que…?

–No –lo cortó Thierry antes de que pudiera volver a preguntarle si había algo que pudiera hacer por él.

Desde que habían recibido la noticia, todos los miembros de su personal, conscientes de que ya no servían al príncipe heredero, sino al nuevo rey, habían estado asfixiándolo en su empeño por mostrarse más serviciales que nunca. Se sentía como un león enjaulado allí dentro; tenía que salir, necesitaba respirar aire fresco y disfrutar de los pocos momentos de libertad que le quedaban antes de que la noticia saltara a los titulares de todo el mundo, cosa que ocurriría en solo unas horas. Se volvió hacia su secretario.

–Perdona, Pasquale. Es que esta noticia… aunque estábamos esperándola…

–Lo sé, señor. A todos nos ha impactado, a pesar de que sabíamos que era inminente.

Thierry asintió.

–Voy a salir –le dijo.

Su secretario puso cara de espanto.

–¡Pero, señor…!

–Pasquale, lo necesito. Necesito disfrutar de una última noche de libertad antes de que todo cambie.

Ya estaba empezando a sentir la presión de lo que sería su nueva vida. De pronto se sentía como si se hubiese convertido en Atlas, el titán de la mitología griega, con el peso del mundo sobre sus hombros.

–Está bien, siempre y cuando se lleve a sus guardaespaldas:

Thierry asintió, consciente de que eso no era negociable, aunque no era algo que le molestase, porque sus escoltas sabían ser discretos. Aparte del equipo de televisión que lo había pillado al llegar el día anterior al hotel, hasta ese momento ningún otro medio de comunicación había informado de su visita a los Estados Unidos.

En comparación con los otros jefes de estado que se habían reunido en la ciudad para acudir a la cumbre él no era más que un personaje real de poca monta, pero al día siguiente, para cuando la noticia de la muerte de su padre ocupase las portadas de los periódicos, eso habría cambiado. Solo esperaba que, para entonces, ya estuviese a bordo de su avión privado de regreso a Sylvain.

Se desanudó la corbata, se la quitó de un tirón y fue al dormitorio. Su anciano ayuda de cámara, Nico, que estaba allí sentado, hojeando un periódico, se levantó de inmediato.

—Nico, unos vaqueros y una camisa limpia, por favor.

—Enseguida, señor.

Minutos después, tras una ducha rápida, Thierry ya estaba vestido y esperando en el salón de la suite a sus guardaespaldas, listo para salir.

—Hace un poco de fresco, señor; necesitará esto –le dijo Nico, saliendo del dormitorio con una chaqueta informal colgada del brazo.

Le ayudó a ponérsela y le tendió unas gafas de sol y un gorro de lana.

—Nico, ¿querrás preparar mi equipaje para mañanas? –le pidió Thierry–. Creo que salimos a las ocho.

Adriano, el jefe de su equipo de escoltas, entró en la suite con sus tres hombres.

–Cuando quiera, señor.

Thierry le dio las gracias a Pasquale y a Nico con un asentimiento de cabeza y salieron.

–Hemos pensado que lo mejor sería utilizar la salida lateral del hotel, señor –le dijo Adriano, que iba a su lado, mientras avanzaban por el pasillo–. Así podremos evitar el vestíbulo. Además el servicio de seguridad del hotel ya ha rastreado las inmediaciones para asegurarse de que no hay paparazzi.

–Estupendo.

Se sentía como una oveja conducida por un grupo de perros pastores cuando llegaron a la planta baja y salieron del ascensor.

–Un poco de espacio, caballeros –les pidió en un tono firme, apretando el paso para ponerse solo al frente.

Sabía que no les haría mucha gracia, pero si iba por las calles con ellos rodeándolo, llamaría la atención y prefería parecer solo un transeúnte más.

–¡Que iba a ser divertido, dijo! –masculló Mila entre dientes mientras daba la sexta vuelta a la manzana que formaba el hotel.

Una vez pasados los nervios de haber burlado a Bernadette y a sus guardaespaldas, se había sentido expectante ante la posibilidad de volver a ver a Thierry, pero ahora que ya estaba allí, dando vueltas como una tonta, estaba empezando a preguntarse si aquello no habría sido un error.

Tomó un sorbo de la infusión que se había comprado en un Starbucks para intentar calmarse y se resguardó en el portal de la entrada lateral del hotel porque estaba empezando a llover. «Genial», pensó mientras miraba distraída a la gente abrir sus paraguas y apretar el paso. De pronto alguien le dio un empujón por detrás. El té hirviendo le salpicó el dorso de la mano, y el dolor hizo que soltara el vaso, que rodó por el pavimento mojado, derramando su contenido.

–¡Eh, tenga más cuidado! –protestó sin volverse, mientras sacaba un pañuelo para limpiar la mancha de su… bueno, del abrigo de Sally.

¡Menuda impresión le iba a causar al príncipe con aquella mancha! Debería volver al hotel… Aquella había sido una idea ridícula desde el principio, y si su hermano llegase a enterarse se metería en un buen lío.

–Mis disculpas.

La voz del hombre que se había chocado con ella era tan profunda y aterciopelada que un cosquilleo le recorrió la espalda. Se giró, y casi volvió a chocarse con él, porque estaba más cerca de ella de lo que había pensado.

–Perdón –murmuró.

Los sensuales labios del hombre se curvaron en una sonrisa. Llevaba un gorro de lana oscuro que le tapaba el pelo, y también gafas de sol, lo cual resultaba un poco extraño, siendo como era de noche, pero… bueno, estaban en Nueva York.

Se las bajó un poco, como si quisiera verla mejor, y al ver sus ojos, aquellos inconfundibles ojos grises, todo pensamiento racional la abandonó. Era él… el príncipe Thierry… allí, en carne y hueso, delante de ella… Se estremeció de deseo.

–Le compraré otro… bueno, lo que estuviera tomando –dijo quitándose las gafas y señalando el vaso de papel tirado en la acera.

–No, yo… era té, pero… es igual –balbució ella atropelladamente.

«¡Piensa!», se ordenó. «Preséntate. ¡Haz algo! ¡Lo que sea!». Pero cuando alzó la vista y sus ojos se encontraron de nuevo, volvió a quedarse aturdida.

Cuando se dio cuenta de que se había quedado mirándolo fijamente, lo cual era bastante grosero, se apresuró a bajar la vista, pero su corazón desbocado no se apaciguó.

–Señor, no debería…

Un hombre había aparecido junto a ellos, pero en cuanto el príncipe le dijo unas palabras en su idioma, se calló y retrocedió un par de pasos. Debía ser uno de sus escoltas, y parecía que no le hacía mucha gracia que se mezclase con la gente del lugar. Solo que ella no era de Nueva York. Y entonces cayó en la cuenta de que el príncipe no parecía haberla reconocido.

Thierry volvió a centrar su atención en ella y le dijo en un tono preocupado:

–¿Seguro que está bien? Parece que se ha quemado.

Mila dio un respingo cuando tomó su mano para examinar más de cerca la piel enrojecida por el té caliente que la había salpicado. Se le cortó el aliento cuando su pulgar rozó suavemente los bordes de la quemadura.

–No es nada, de verdad –le dijo.

Debería apartar la mano, pero de pronto era como si se hubiese quedado paralizada y no pudiese moverse.

–Por favor, deje que la invite a otro té –insistió él, soltándole la mano al fin.

Mila escrutó su rostro, sorprendida de que no la hubiera reconocido. Obviamente no habría imaginado que fuese a encontrarse precisamente con su prometida en las calles de Nueva York, se dijo intentando ser racional, pero no pudo evitar una punzada de decepción.

Claro que quizá podría utilizar aquello en su provecho… El plan que había ideado con Sally era presentarse a él diciéndole quién era, pero… ¿y si no lo hiciera? ¿Y si se hacía pasar por una chica cualquiera de Nueva York?

Sin el peso de su compromiso, que no haría sino incomodarlos y que se comportasen con excesiva formalidad, podría aprovechar para conocerlo mejor, podría conocer al verdadero Thierry y ver cómo era el hombre con el que iba a casarse.

–Gracias –murmuró, haciendo acopio de la serenidad y la fortaleza interior que le habían instilado desde su nacimiento. Era absurdo que estuviese hecha un manojo de nervios–. Me encantaría.

Los ojos de Thierry brillaron de satisfacción, y una de las comisuras de sus labios se arqueó. Mila volvió a quedarse embobada, pero de inmediato se obligó a apartar la vista y echaron a andar calle abajo.

Unos metros por delante de ellos, uno de sus guardaespaldas ya había comprobado el Starbucks en el que se había comprado el té, y le indicó a Thierry con un gesto discreto que estaba despejado. Lo hizo de un modo tan sutil que ella no se habría dado ni cuenta si no fuera porque conocía esas señales.

Cuando entraron y fueron a la barra a pedir, Mila pensó en lo surrealista que era aquello. Thierry se comportaba como si fuese algo que hacía todos los días, entrar en una cafetería llena de gente corriente para tomar algo. Sus guardaespaldas se habían apostado en distintos sitios dentro del local: dos junto a la puerta y uno cerca de la mesa a la que la condujo el príncipe cuando les sirvieron lo que habían pedido.

–¿Son amigos tuyos? –le preguntó, señalando con la cabeza a los que se habían quedado junto a la puerta.

Él resopló.

–Algo así –murmuró con humor–. ¿Te molestan? Puedo decirles que se vayan.

–Ah, no, no te preocupes. No me importa –contestó tomando asiento.

Thierry se sacó del bolsillo un pañuelo, y envolvió en él un cubito de hielo del pequeño cuenco que había pedido que les pusieran en la bandeja.

–Dame tu mano –le dijo.

–No hace falta; apenas me molesta –protestó Mila.

–¿Tu mano, por favor? –insistió él, fijando sus ojos grises en los de ella.

Y Mila claudicó de inmediato.

El príncipe le sostuvo la mano mientras aplicaba con suavidad la improvisada compresa fría, y Mila intentó en vano ignorar los rápidos latidos de su corazón mientras lo observaba.

–Te pido disculpas otra vez por mi torpeza –añadió él–. No estaba mirando por dónde iba –alzó la vista y le dijo–: Me llamo Hawk. ¿Y tú?

¿Hawk? De modo que no iba a revelarle su verdadera identidad…

–Angel –respondió Mila. Si él iba a usar un nombre falso, bien podía ella recurrir al diminutivo por el que la conocían sus profesores y compañeros allí, en Estados

Unidos. Sí, podía hacer como que eran dos extraños que acababan de conocerse.

–¿Has venido a Nueva York por negocios? –le preguntó, aunque sabía muy bien el motivo de su visita a la ciudad.

–Sí, pero me marcho mañana por la mañana –contestó él.

Mila no se esperaba esa respuesta. La cumbre duraba cuatro días y empezaba al día siguiente. Acababa de llegar… ¿y ya iba a marcharse? Quería preguntarle por qué, pero no podía hacerlo porque se suponía que no sabía nada de él.

Thierry levantó el pañuelo y asintió satisfecho.

–Ya tiene mejor aspecto –dijo.

–Gracias.

–¿Y tú? –le preguntó él, soltándole la mano.

Mila alzó la vista y lo miró aturdida.

–¿Yo qué?

–Pues que si has venido a Nueva York por trabajo o vives aquí –contestó él, reprimiendo una sonrisilla.

Mila recordó lo inepta que se había sentido el día que se habían conocido, la vergüenza que había pasado, y cómo se había sentido indigna de un hombre tan atractivo y seguro de sí mismo.

Pero ya no era aquella adolescente tímida y patosa, se dijo con firmeza. Esa noche iba de incógnito, y podía ser quien quisiera ser. Hasta alguien capaz de encandilar a un hombre como el príncipe Thierry de Sylvain. Aquel pensamiento la animó y le dio coraje. Sí, podía hacer aquello.

Capítulo Tres

Se quedaron mirándose a los ojos, y a Thierry le pareció como si el ambiente se cargase de electricidad. Las finas y perfectas cejas de Angel eran de un color oscuro, como las pestañas que bordeaban sus ojos ambarinos, en discordancia con su largo pelo rubio, pero ese contraste no le restaba ni un ápice de belleza. De hecho, quizá precisamente por eso llamaba más la atención.

Sus pómulos eran elevados y parecían suavemente esculpidos; y su nariz corta y recta; pero eran sus labios carnosos los que parecían haberlo atrapado bajo un hechizo. Un hechizo que solo se rompió cuando alguien pasó junto a su mesa y la golpeó sin darse cuenta, derramando parte del té de Angel.

–Parece que el destino no quiere que tome té –comentó ella riéndose, mientras secaba la mesa con una servilleta de papel–. Y en respuesta a tu pregunta: no, vivo en Boston. Solo estoy aquí de visita.

–Ya me parecía que tu acento no era de aquí –observó Thierry.

Angel tomó el vaso de papel con sus elegantes dedos y bebió un sorbo. Cada uno de sus movimientos lo cautivaba, hasta el modo en el que se lamía los labios con la punta de la lengua al acabar de beber. Tragó saliva. No debería estar allí con aquella joven; estaba comprometido… con alguien a quien apenas conocía, y con quien iba a casarse a finales de ese mes.

Pero es que jamás había sentido una atracción así. Tenía una sensación extraña, como si hubiese visto a Angel antes en alguna parte, como si ya se conociesen.

–En realidad –añadió ella dejando el vaso en la mesa–, he venido para asistir a una conferencia que se celebra mañana sobre iniciativas sostenibles.

Thierry parpadeó.

–¿En serio? ¡Qué coincidencia! Yo también iba a ir a esa conferencia.

–¿Y no puedes retrasar tu vuelta?

La fría realidad le tiró de la manga, recordándole que al día siguiente, tras un vuelo de ocho horas y media hasta Sylvain, y veinte minutos en helicóptero hasta el palacio, le esperaba una reunión con el consejo de ministros. No volvería a ser dueño de su tiempo hasta que su padre hubiese sido enterrado en el panteón familiar. Y quizá, ni siquiera entonces.

–¿Hawk? –lo llamó Angel, sacándolo de sus pensamientos.

–No, tengo que volver; se trata de un asunto urgente. Pero no hablemos más de eso; dime, ¿qué se le ha perdido a una chica tan bonita como tú en un auditorio?

A ella pareció ofenderle su pregunta.

–Eso ha sido un poco sexista, ¿no?

–Perdona –se apresuró a disculparse él–. No pretendía menospreciar tu inteligencia ni parecer un machista.

Al final iba a ser verdad eso de que «de casta le viene al galgo», pensó, avergonzado de sí mismo. Su padre había tenido una visión anticuada de que la mujer no servía más que para dar hijos al hombre, y que tenía que reverenciarlo y serle fiel.

Su madre, la reina consorte, había «fracasado» estrepitosamente en lo segundo y su padre, en vez de plantearse que tal vez se hubiera equivocado en cómo la había tratado, se había reafirmado en su opinión sobre el rol secundario de la mujer en la monarquía.

De hecho, Thierry había empezado a preguntarse si su madre no le habría sido infiel, en parte, por cómo había minado su autoestima con su condescendencia hacia ella. Tal vez esos actos de su madre no habían sido otra cosa más que un modo desesperado de dar sentido a su vida. Pero poco importaba eso ya, cuando su amante y ella habían muerto en un accidente de coche años atrás.

El escándalo que aquello había provocado había estado a punto de llevar a ambas naciones a la guerra, y había sido uno de los motivos por los que él se había propuesto mantenerse virgen hasta el matrimonio y, cuando se hubiese casado, permanecer fiel a su esposa hasta su muerte. Y esperaría lo mismo de ella, por supuesto. Ya que no podía casarse por amor, al menos se esforzaría por que su matrimonio durase. Tenía que lograrlo, tenía que cambiar el curso de generaciones y generaciones de fracaso e infelicidad conyugal.

Angel aceptó su disculpa con un breve asentimiento de cabeza.

—Me alegra oír eso —dijo—, porque bastantes actitudes machistas le aguanto ya a mi hermano —suavizó sus palabras con una sonrisa, y añadió—: Y en respuesta a tu pregunta, voy a asistir a esa conferencia porque me interesa, y porque me la recomendó un profesor de la universidad.

Se pasaron la hora siguiente hablando de sus estudios, y en particular de su interés por el desarrollo de soluciones sostenibles mediante energías renovables que contribuyeran a reducir la pobreza. El entusiasmo de Angel al defender esas causas, que teñía sus mejillas con un suave rubor, haciéndola aún más bonita, lo fascinaba. Además, aquel era un tema que para él también era importante y que quería promover en su reino. Hacía tiempo que no tenía una conversación tan estimulante.

La cafetería se había ido vaciando poco a poco, y Thierry se dio cuenta de que sus guardaespaldas, que se habían sentado en mesas distintas, estaban empezando a moverse incómodos en sus asientos. Angel también pareció darse cuenta, porque le dijo:

–Ah, perdona por quitarte tanto tiempo. Cuando empiezo a hablar de algo que me apasiona me dejo llevar –se disculpó.

–En absoluto –replicó él–. He disfrutado mucho con esta conversación. No tengo muy a menudo la ocasión de intercambiar opiniones con alguien tan elocuente y tan versado en estos temas como tú.

Angel miró su reloj, que tenía una delicada pulsera de platino y, si no le engañaban sus ojos, adornada con diamantes. Aquel sutil pero evidente signo de que pertenecía a una familia adinerada, lo intrigó aún más.

–Se está haciendo tarde; debería volver a mi hotel –dijo, como a regañadientes–. Lo he pasado muy bien, gracias.

Thierry no quería despedirse tan pronto de ella.

–No te vayas. Todavía no –le rogó, poniendo su mano sobre la de ella. Aquellas palabras lo sorprendieron tanto como parecieron sorprenderla a ella–. A menos que tengas que irte, por supuesto.

Maldijo para sus adentros. No quería parecer desesperado, pero después de la noticia de la muerte de su padre y de lo que se le venía encima, la compañía de aquella joven era una agradable distracción. La miró a los ojos, maravillándose una vez más con ese color ambarino que tenían. Estaba seguro de haber conocido antes a alguien con unos ojos así, pero no podía recordar cuándo, ni dónde.

–Bueno, no es que tenga que estar a una hora en ninguna parte –murmuró ella.

–¿No tienes a un novio esperándote? –inquirió él desvergonzadamente, acariciándole el dorso de la mano con el pulgar.

Angel se rio suavemente.

–No, no tengo novio.

–Estupendo. ¿Damos un paseo? –le sugirió él.

–Me encantaría.

Angel se levantó de un modo tan grácil que no pudo evitar quedarse mirándola embobado, y tomó su bolso y su abrigo. Thierry se levantó como un resorte para ayudarla a ponerse el abrigo, y cuando las yemas de sus dedos rozaron la suave piel de la nuca de Angel, un cosquilleo lo recorrió. Sabía que estaba mal que se sintiese tan atraído por ella cuando estaba comprometido con otra mujer. Tal vez tampoco fuera muy distinto de su madre, que había sido incapaz de respetar sus votos matrimoniales.

Dejó caer las manos para metérselas en los bolsillos y apretó los puños, avergonzado de sí mismo, pero cuando Angel se volvió hacia él y le sonrió, supo que, fuera cual fuera a ser su futuro, tenía que aprovechar aquel momento, aquella noche.

Salieron de la cafetería y se encaminaron a Séptima Avenida. Sus guardaespaldas se mimetizaron con la gente que los rodeaba, vigilantes, pero discretos.

Había dejado de llover, y Thierry empezaba a sentirse más animado. De hecho, aquello resultaba tan natural, tan normal… Era algo completamente distinto de su día a día.

—Háblame de ti —le pidió a Angel—. ¿Tienes hermanos?

—Un hermano —contestó ella—. Ahora mismo está en Europa —añadió en un tono extraño—. ¿Y tú?

—Soy hijo único.

—¿Te sentiste solo en tu infancia por no tener hermanos?

—Algunas veces —admitió Thierry—, aunque siempre estaba rodeado de gente.

—¿Gente como tus «amigos»? —preguntó ella, señalando con la cabeza a uno de sus guardaespaldas.

Él asintió. Cuando se pararon al llegar a un cruce, Angel levantó la barbilla y, mirando hacia delante con aspecto pensativo, murmuró:

—A veces, cuando tienes a un montón de gente a tu alrededor, es cuando te sientes más solo.

Sí, él conocía muy bien esa sensación. Y por el modo en que lo había dicho, le daba la impresión de que Angel hablaba por propia experiencia. Al pensarlo, sintió una punzada en el pecho, y deseó poder borrar la tristeza que había destilado su voz.

«¿Y qué más?», le espetó su conciencia. Thierry apartó aquel pensamiento de su mente. Era absurdo que pensase esas cosas cuando a la mañana siguiente se convertiría oficialmente en rey y aquellos momentos no serían más que un recuerdo.

–¿Y qué haces? –le preguntó Angel cuando llegaron al otro lado de la calle.

–¿Que qué hago?

–Para ganarte la vida. Bueno, supongo que trabajas, ¿no?

Sí, trabajaba, aunque seguramente en su idea de trabajo no entraría ser jefe de Estado de un país.

–Ocupo un puesto de dirección –contestó. No era del todo mentira.

–Eso es bastante vago –lo picó ella con un brillo travieso en la mirada.

–Es que tengo un abanico muy amplio de responsabilidades. ¿Y tú, qué tienes pensado hacer cuando acabes tus estudios?

Angel se puso seria, pero en un instante esa repentina solemnidad se desvaneció.

–Pues… no sé, cosas –contestó encogiéndose de hombros.

–¿Y me acusabas a mí de vaguedad? –la picó él, divertido.

–Bueno, ya que lo preguntas… quiero hacer algo importante. Quiero que la gente me escuche, que me escuchen de verdad, y que me tomen en serio en vez de ignorarme solo porque soy mujer.

Thierry enarcó las cejas.

–¿Eso pasa a menudo?

–Tú me lo has hecho antes –le espetó ella.

–Es verdad, y vuelvo a pedirte disculpas por mis prejuicios –le dijo él–. Espero que consigas hacer realidad tus sueños –se detuvo junto a un puesto ambulante de comida–. ¿Ya has cenado?

–Pues no, pero…

–Me han dicho que no puede uno irse de Nueva York sin probar estos bocadillos de entrecot de ternera –la interrumpió él, señalando el puesto.

Angel inspiró profundamente.

–Desde luego, huelen que alimentan.

–Tomaré eso como un sí.

Se volvió hacia uno de sus guardaespaldas y se dirigió a él en su lengua natal. El hombre asintió con una sonrisa y se puso al final de la cola de gente que esperaba para comprar.

Poco después reanudaron su paseo mientras comían, prorrumpiendo en risas a cada bocado por lo difícil que era darle un mordisco al bocadillo y evitar que se desparramaran los trozos de filete, champiñones laminados y tiras de cebolla que llevaba dentro.

Cuando se lo terminaron, Angel se miró las manos, todas manchadas, con espanto.

–Debería haberte llevado a un restaurante –se disculpó Thierry.

–¡Ni hablar! –replicó ella–. Ha sido divertido… aunque acabes con las manos pringadas –comentó riéndose.

Sacó con cuidado un paquete de pañuelos del bolso para limpiarse y le tendió uno a él.

Thierry sintió que sus labios se curvaban en una sonrisa, como le había ocurrido tantas veces esa tarde. ¿Qué tenía aquella chica que lo hacía sentirse tan bien, cuando todo lo demás en su vida parecía ir tan mal?

–No me cansaré nunca de esta ciudad –comentó Angel–. Es tan vibrante…

–Sí que lo es –asintió él–. Oye, ¿te gusta bailar?

Angel se rio.

–¿Quieres sabes si me gusta, o si me gustaría ir a bailar contigo? –le preguntó con picardía.

Thierry se encogió de hombros.

–Las dos cosas –respondió, riéndose también.

La verdad era que se moría por tenerla entre sus brazos, y se le había ocurrido que probablemente ese sería el único modo de hacerlo sin faltar a sus principios.

–Pues, no sé, es que… no voy vestida para ir a bailar –respondió ella vacilante.

–Estás preciosa –replicó él–. Hay un club nocturno, no lejos de aquí, que no es grande y bullicioso como la mayoría, sino un sitio tranquilo donde puedes bailar si quieres, o simplemente sentarte a charlar y tomar algo, si lo prefieres.

–Suena perfecto.

–Entonces, ¿quieres venir?

Ella asintió con una sonrisa.

–Me encantaría.

Thierry la tomó de la mano y echaron a andar de nuevo. Tampoco tenía nada de malo bailar con una mujer que no fuera su prometida, ¿no? Al fin y al cabo, era algo que hacía cada vez que celebraban un acto oficial en palacio. Además, la noche aún era joven, y no quería que acabase tan pronto.

Tenerla entre sus brazos mientras bailaban resultó ser tan increíble como había imaginado. El único problema era que de pronto se encontró deseando más, deseando algo que se había vetado a sí mismo hasta el matrimonio. No se había mantenido célibe por puro masoquismo. A veces había sido un auténtico tormento negarse a reconocer las necesidades de su cuerpo, pero se había jurado que no permitiría que el deseo le nublase la razón. A diferencia de distintos miembros de su familia, que durante siglos habían estado varias veces a punto de perderlo todo por su falta de autocontrol.

Siempre había visto como una debilidad esa propensión de sus predecesores a los placeres de la carne, y en sus treinta y un años de vida nada le había hecho dudar de la decisión que había tomado. Hasta ese momento.

Sin embargo, se dijo era un tormento que podía soportar: el roce de los senos de Angel contra su pecho, la caricia de su cálido aliento contra su cuello… Cuando estuviese sentado a bordo del jet privado que lo llevaría de vuelta a Sylvain en solo unas pocas horas, lo haría con la tranquilidad de haber mantenido la promesa que se había hecho a sí mismo, y de no haberle faltado al respeto a la mujer con la que iba a casarse. Pero, hasta entonces, disfrutaría de aquella noche robada al tiempo tanto como se lo permitiese su sentido del deber y del honor.

Aquella había sido una noche mágica, algo más increíble de lo que jamás pudiera haber soñado. De hecho, estaba segura de que ni a Sally, con lo romántica que era, podría haber imaginado algo tan perfecto. Se sentía como Cenicienta, solo que en su cuento de hadas no había salido corriendo del baile, sino que el príncipe la había acompañado a su hotel, y era más de media-noche.

Cuando la limusina, que había estado esperándolos a la salida del club, se detuvo frente a su hotel, se giró hacia Thierry para mirarlo. Esa noche había visto una faceta de él que no se había esperado, y la había cautivado por completo.

Quizá fuera el champán que habían bebido en el club, o quizá simplemente el saber que a finales de ese mes estaría a su lado frente al altar de la catedral de Sylvain, prometiendo amarle y serle fiel durante el resto de su vida, pero en ese momento se sentía como si estuviera flotando.

Aquella noche había tenido la oportunidad de conocer mejor al hombre que había tras el título real, el hombre con el que compartiría sus días y sus noches y, después de haber experimentado la poderosa atracción que había entre ellos, estaba deseando conocerlo aún mejor; en todos los sentidos.

Se había comportado como un auténtico caballero, y por primera vez en su vida ella se había sentido deseable, y había sentido que por fin tenía la suficiente confianza en sí misma como para ser la mujer que pudiese hacerlo feliz.

–Gracias por esta maravillosa velada, Hawk –le dijo–. Nunca la olvidaré.

Él le tomó la mano, y cuando le besó los nudillos una ráfaga de deseo la atravesó.

–Ni yo –murmuró.

Thierry se inclinó hacia delante para besarla en la mejilla, pero en el último segundo ella volvió el rostro y sus labios se encontraron. El contacto no pudo ser más leve, más inocente, pero Mila sintió que una ola de calor la invadía.

Incapaz de articular palabra, se dio la vuelta, abrió torpemente la puerta y se bajó del coche, tambaleándose ligeramente. No miró atrás. No habría podido hacerlo porque, de haberlo hecho, tal vez le habría pedido más, y no era el momento, ni el lugar.

Entró en el hotel y cruzó a toda prisa el vestíbulo. Ya en el ascensor se quitó la peluca rubia y se miró en el espejo. Esa noche había fingido ser una extraña y Thierry había disfrutado de su compañía, pero… ¿cómo reaccionaría cuando supiese que era la misma chica regordeta y desmañada a quien había mirado con desdén años atrás?

Capítulo Cuatro

–¿Cómo has podido hacer algo tan estúpido e irresponsable? ¿Y si los medios se enteran de esto? ¿Te paraste siquiera a pensar en eso? Te crucificarán, y esto puede poner en riesgo tu compromiso.

Mila estaba esperando en silencio y con la cabeza gacha a que terminara el rapapolvo de su hermano, que se paseaba de un lado a otro de su despacho, aunque parecía que no fuese a terminar nunca.

–No has sido educada para comportarte así –continuó Rocco, con una mezcla de enfado e indignación–. ¿Cómo se te ocurrió salir a escondidas del hotel para irte por ahí? Eres una inconsciente.

Ya estaba empezando a exasperarla.

–Oye, espera un momento, yo no… –empezó a protestar, pero Rocco la cortó con una mirada fulminante.

–Eres una princesa. Las princesas no salen sin su escolta y se quedan por ahí de juerga en compañía de extraños hasta el amanecer.

Thierry no era un extraño para ella, habría querido decirle Mila –bueno, no exactamente–, pero no le quedaba otra que soportar el sermón de Rocco. Por el momento prefería no decirle a su hermano con quién había estado; se pondría histérico y empezaría a preocuparse por las repercusiones políticas que podría tener aquello y estropearía el recuerdo de aquella noche mágica.

Rocco se detuvo frente al ventanal, de espaldas a ella. Se quedó mirándolo y, al ver a un pájaro pasar volando sobre las copas de los árboles, pensó en la libertad que probablemente no volvería a experimentar. El anonimato del que había disfrutado en los Estados Unidos había sido una bendición, pero ahora que estaba de nuevo en Erminia eso se había acabado. Volvía a estar bajo el dictado de las estrictas normas de protocolo de la Casa Real, y se encontró preguntándose si no habría sido mejor no haber salido nunca de su país, porque ahora que había saboreado la libertad, la falta de ella se le haría aún más dura.

–¿Y qué vas a hacer? –le espetó a su hermano–, ¿arrojarme a las mazmorras?

Rocco se volvió, y a Mila le sorprendió ver cómo había envejecido desde la última vez que lo había visto, un año atrás. Era como si el estrés y la preocupación, que se habían convertido en una constante en su vida, hubieran dejado huella en su rostro y hubieran hecho aparecer las primeras canas en sus sienes. Quería muchísimo a su hermano, y no quería hacerle daño ni darle problemas; solo quería que, al menos por una vez, la escuchara.

–No creas que no lo haré –gruñó–. Supongo que esa insolencia es lo único que puedo esperar después de haberte atado demasiada libertad durante los últimos siete años. Jamás debería haber sido tan indulgente contigo. Mis consejeros me recomendaron que te casara con el príncipe Thierry cuando cumplieras los dieciocho. ¿Y lo hice? No, dejé que me persuadieras y te dejé que fueras al extranjero a estudiar… para que tuvieras una educación mejor; no para traer la deshonra a nuestra familia –se pellizcó el puente de la nariz, cerrando los ojos un momento, e inspiró profundamente antes de continuar–. Sentí compasión por ti entonces, Mila, porque no eras más que una colegiala que acababa de comprometerse con alguien mayor que tú y a quien no conocías de nada. Imaginé que debías sentirte agobiada, y me atrevo a decir que hasta aterrada ante la idea de lo que aquello implicaba, porque eras aún tan joven, tan inocente... – exhaló un suspiro y se volvió de nuevo hacia la ventana.

Aquella descripción que había hecho de ella irritó a Mila. ¡Pues claro que era inocente! ¿Cómo iba a saber nada del mundo y de la gente cuando se había criado en un ambiente tan estricto y con tantas normas? Ese era otro de los motivos por los que le había suplicado que la dejara estudiar en el extranjero. ¿Qué clase de reina sería si no supiese nada de los problemas y el día a día del pueblo, de la gente común?

–También te di mi consentimiento cuando me pediste aplazar la boda hasta que cumplieras los veinticinco –continuó Rocco, girándose de nuevo hacia ella–. Pensé que sería lo mejor para ti, y que tal vez contribuiría a que tuvieras un matrimonio más feliz. Debería haber imaginado que esto acabaría así, que la falta de orden y disciplina durante estos años fuera te corromperían y te desviarían de tu camino.

¿Falta de orden y disciplina? Mila se mordió la lengua para no responder. Las buenas calificaciones que había obtenido en la universidad las había conseguido precisamente gracias a una buena dosis de esfuerzo y autodisciplina. Y difícilmente podría haberse «corrompido» cuando estaba constantemente vigilada por sus guardaespaldas y por su carabina, que le había vetado prácticamente cualquier oportunidad de relajarse o de tratar de hacer amigos. ¡Si apenas había podido socializar con otros estudiantes en el campus!

Pero su hermano estaba que echaba chispas y, aunque intentase explicarse, no la escucharía.

–Tu boda es dentro de cuatro semanas –prosiguió Rocco–, y en ese tiempo no quiero oír ni la más mínima queja de ti. ¿Me has entendido? La estabilidad de nuestra nación depende de ti, de que demuestres que eres capaz de desempeñar el papel para el que has sido educada.

El papel para el que había sido educada… Sí, a eso se reducía todo, a que la única razón de su existencia era convertirse en la esposa apropiada del hombre que habían elegido para ella.

–¿Y el funeral del rey de Sylvain? –inquirió–. ¿No se supone que debería asistir contigo en señal de respeto?

Al regresar al hotel, tras la reprimenda de su carabina, se había enterado por las noticias de la muerte del padre de Thierry y había comprendido el motivo de su apresurado regreso a Sylvain.

–No, te quedarás aquí.

Mila habría querido replicar, decirle que tenía todo el derecho a ir para estar al lado de su prometido cuando le diera el último adiós a su padre, pero sabía que de nada le serviría, y pronunció las palabras que Rocco quería escuchar.

–Lo comprendo; haré lo que me pides.

Pero no se lo había pedido; se lo había ordenado. En ningún momento durante aquella audiencia con él, porque no podía considerarse otra cosa, había sentido que se alegrara de que hubiera vuelto. Más bien todo lo contrario: se sentía como si se hubiese convertido en una gran decepción para él, en una carga de la que quería deshacerse, o en un problema que tuviese que solventar.

No la había felicitado por los buenos resultados que había cosechado en la universidad: ni por su matrícula de honor, ni por la publicación de su ensayo sobre la *Igualdad de oportunidades y el desarrollo sostenible en las naciones europeas*. A él solo le importaba que fuera capaz de desempeñar debidamente su papel, como le había dicho. No era más que un peón en su partida de ajedrez.

Al oír su respuesta la tensión del rostro de Rocco se disipó, sus hombros se relajaron y su mirada se suavizó.

–Gracias. Lo entiendes, ¿no? No te pido que hagas esto por mí, sino por nuestro pueblo. Y también por ti, porque es indispensable que te ganes la confianza y el respeto del hombre que va a ser tu marido.

–Lo entiendo –respondió ella con una inclinación de cabeza.

Sin embargo, en su interior se agitaba una desazón que no podía acallar. Era evidente que lo único que le importaba a su hermano era que su honra permaneciese intacta hasta su matrimonio. Comparada con su reputación, poco valor tenían sus conocimientos, la confianza en sí misma que había adquirido en esos últimos años, o las ideas que tenía para mejorar su país y la vida de su pueblo.

Nada había cambiado. Erminia seguía anclada en

el pasado: el lugar que debía ocupar la mujer no era al lado de su marido, sino detrás de él, o de su padre, su hermano, o cualquier otra figura masculina que fuese el cabeza de familia.

Hasta en el parlamento de Erminia había pocas mujeres. Era algo que esperaba que cambiase, que se reconociese al fin el valor de las mujeres como miembros de la sociedad, pero sabía que esos cambios serían muy lentos… si es que llegaban a producirse.

—No te veo muy entusiasmada con la boda –comentó su hermano–. Creí que no harías más que hablar de eso.

Mila suspiró.

—Rocco, no soy una niña pequeña a la que han invitado a una fiesta de cumpleaños en casa de una amiga. Soy una mujer adulta capaz de pensar por sí misma, que está a punto de casarse con un hombre al que apenas conoce.

Su hermano se acercó y le levantó la barbilla con el índice para mirarla.

—Has cambiado.

—Por supuesto que he cambiado. He crecido.

—No, es algo más que eso –su hermano frunció el ceño y entornó los ojos–. ¿Aún eres…? ¿No habrás…?

Mila estuvo a un paso de perder los estribos.

—No puedo creer lo que estoy oyendo. ¿Me estás preguntando si sigo siendo virgen? ¿De verdad piensas que comprometería mi futuro solo por una noche de sexo?

Su hermano palideció.

—No consentiré que me hables en ese tono. Aunque sea tu hermano, antes que eso soy tu rey.

–Os ruego que me perdonéis, majestad –dijo ella con retintín, haciéndole una reverencia.

–Mila, no te burles de mí.

–No me burlo, alteza –replicó ella–. Soy perfectamente consciente de mi posición en el mundo. Cumpliré con mi deber y podéis estar tranquilo: llegaré al día de mi boda sin que ningún hombre me haya tocado, o besado siquiera, antes de que mi futuro marido lo haga. Aunque, si no me creéis, podéis hacer que el médico de la corte me examine para aseguraros de que soy una mujer de palabra.

–Mila, ya está…

–¡Vaya, qué tarde es! –lo interrumpió ella, mirando su reloj y levantándose–. He quedado con la modista para probarme el vestido y hacerle los arreglos necesarios, así que si me disculpas…

Estaba segura de que su hermano también detestaba haberse visto obligado a tener con ella esa conversación. Lo movía el deber, y eso implicaba anteponer siempre las necesidades de su país. No podía seguir siendo el cariñoso hermano mayor que le había evitado en lo posible todos los golpes y obligaciones durante su adolescencia.

Cuando salió del despacho para dirigirse a sus aposentos, aunque seguía molesta por lo que le había dicho su hermano, no pudo evitar sentir lástima por él. Al fin y al cabo Rocco, que era diez años mayor que ella, tampoco lo había tenido nada fácil: había tenido que ocupar el trono prematuramente a los diecinueve años, tras el asesinato de su padre, y eso lo había cambiado.

Más tarde, subida a un taburete mientras la modista le arreglaba el elegante vestido de novia, acudió a su mente el recuerdo del beso accidental con Thierry y no pudo reprimir una sonrisa. Si cerraba los ojos casi podía sentir la suave presión de sus labios, oler el sutil aroma de su colonia… Un cosquilleo de excitación la recorrió, pero se disipó de inmediato cuando notó un pinchazo en la pantorrilla.

–Lo siento, alteza, pero si no dejáis de moveros… –la reprendió la modista, con evidente frustración.

–No, soy yo quien debe disculparse –se apresuró a decir Mila–. Perdón, es que estoy un poco distraída.

Así que se quedó lo más quieta que pudo, girándose y levantando o bajando los brazos cuando se lo pedía la modista, como una marioneta. Y eso era, en esencia, lo único que era para su hermano, pensó con tristeza. Una marioneta cuyos hilos movían sus consejeros y él «por el bien de Erminia».

No estaría bajo tanta presión si él ya se hubiese casado, se dijo, aunque tampoco era culpa suya. Había estado saliendo con una chica durante años, pero cuando le había pedido que se casara con él, lo había rechazado porque de repente se había dado cuenta de que lo de ser de la realeza no iba con ella. Y desde entonces su hermano no había querido saber nada más de las mujeres.

Bueno, al menos para ella las cosas parecía que pintaban un poco mejor, pensó Mila. Ahora que había conocido un poco a Thierry había descubierto que estaban al mismo nivel en lo intelectual, y la había agradado ver que respetaba sus opiniones. Si la había escuchado cuando se había hecho pasar por una extraña, ¿por qué no habría de tratarla con la misma cortesía cuando fuese su esposa?

Eran las dos de la madrugada y Mila seguía despierta. Siempre le costaba acostumbrarse a los cambios de horario cuando viajaba, pero es que había sido un día agotador, con todas esas horas de vuelo seguidas de aquella espantosa reunión con su hermano. Apartó las sábanas con un suspiro, se bajó de la cama y se puso la bata. Quizá un vaso de leche caliente la ayudaría.

Sí, podría haber usado el intercomunicador para pedir que se lo llevasen a sus aposentos, pensó mientras se dirigía hacia la escalera del servicio, pero no quería molestar a nadie a esas horas, y las cocinas del castillo le evocaban recuerdos felices de su niñez.

Sus zapatillas apenas hacían ruido al descender por los antiguos escalones de piedra, y estaba todo en silencio, no como durante el día, cuando el castillo bullía de actividad.

Al llegar abajo oyó voces al fondo del pasillo a su izquierda. La puerta del despacho de Gregor, el mayordomo de palacio, estaba entreabierta, y por ella salía luz. Siempre había algún miembro del servicio asignado al turno de noche, pero era inusual que Gregor aún estuviese levantado a esa hora. Pero no había duda de que una de las voces era la de él. La otra era de una mujer joven.

Mila iba a seguir su camino, pero al oír que mencionaban a Thierry la curiosidad le pudo, y se acercó sigilosamente a la puerta para escuchar.

–¿Y estás segura de eso? –le preguntó Gregor a la joven.

Su tono severo sorprendió a Mila. Aunque tenía un puesto de gran responsabilidad, Gregor era un hombre amable y cercano.

–Sí, señor. Mi primo segundo es el ayudante del secretario del rey de Sylvain, y vio el documento en que solicitaba los… –la joven vaciló un instante– bueno, los servicios de esa mujer.

–¿Y qué pretende tu primo al ir divulgando tan indiscretamente esa información?

–Ay, señor, no piense mal de él. No me lo contó porque sea un chismoso.

–Entonces, ¿con qué intención lo hizo?

Mila oyó un gemido ahogado, como si la joven estuviese conteniendo las lágrimas.

–Por favor, señor, no quiero meterle en problemas. Le preocupaba que el rey requiriese los servicios de una cortesana estando tan próxima la fecha de su boda, sobre todo cuando es cosa sabida en la corte de Sylvain que el príncipe… es decir, el rey, ha estado «reservándose» para la noche de bodas.

¿Los servicios de una cortesana? A Mila el estómago le dio un vuelco, y de pronto sintió náuseas. Cuando oyó que Gregor y la joven se dirigían hacia la puerta, se coló apresuradamente en la sala contigua y cerró despacio tras de sí.

Se quedó allí de pie, en la penumbra, con los brazos apretados con fuerza en torno a la cintura, mientras los pensamientos bullían en su mente.

¿Thierry había contratado los servicios de una prostituta? ¿Por qué iba a hacer algo así? ¿Tan equivocada había estado al juzgarlo? Durante las horas que habían pasado juntos en Nueva York, se había mostrado tan encantador, tan respetuoso… Y en ningún momento había intentado besarla ni propasarse con ella. Le había ilusionado pensar que tal vez no lo hubiese hecho por respeto a su compromiso, y nada de todo aquello tenía sentido con lo que acababa de oír.

Oyó unos pasos ligeros alejándose, probablemente de la joven criada, y se quedó esperando a que Gregor se marchara también. ¿Qué debería hacer?, se preguntó aturdida. No podía negarse a casarse con Thierry; eso causaría un revuelo enorme a ambos lados de la frontera.

Pero… ¿cómo iba a casarse con un hombre que estaba a punto de instalar a una prostituta en el hogar que habían de compartir? Y pensar en todo lo que se había esforzado para ser una esposa digna de él… ¿Se había equivocado con él?, volvió a preguntarse. Tal vez solo veía su matrimonio como una fachada, como tantos otros enlaces de la realeza. ¿Tan pocas esperanzas tenía de que pudiera hacerle feliz?

Los ojos se le llenaron de lágrimas, pero parpadeó furiosa para contenerlas. No, no iba a comportarse como una mujer débil. Tenía que haber alguna forma de impedir que llevara a la corte a aquella fulana.

De pronto se le ocurrió una idea, una idea tan absurda, tan descabellada, que no pudo creerse que se le hubiera pasado algo así por la cabeza. ¿Sería capaz de llevarlo a cabo? Pensarlo era una cosa, pero hacerlo era otra muy distinta, y necesitaría la colaboración de otras personas.

¿Hasta qué punto era importante para ella tener un matrimonio feliz? ¿Iba a aceptar una unión en la que ella solo fuera un mascarón de proa, en la que los dos llevasen vidas separadas? ¿O quería un matrimonio de verdad? La respuesta era bien simple. Sí, quería que al menos se diesen una oportunidad. Abrió la puerta con decisión, salió al pasillo, y se dirigió al despacho de Gregor.

Capítulo Cinco

–¡Pero, alteza…! –protestó Gregor–. Lo que estáis sugiriendo… roza lo delictivo. ¿Qué digo?, ¡el rapto es un delito!

Mila había imaginado que se mostraría reacio a su plan, y se vio obligada a jugar una baza que habría preferido no tener que emplear.

–Gregor, ¿has olvidado con quién estás hablando? Soy la princesa de Erminia –le dijo en un tono imperioso. Detestaba tener que actuar así, porque nunca se le había dado bien mandar, ni era de la clase de personas que trataban con superioridad a aquellos a su servicio–. Y no estoy dispuesta a ser segundo plato cuando me reúna con mi prometido frente al altar –le dijo, tomando el toro por los cuernos.

El pobre Gregor se puso rojo como un tomate. Por un momento le dio la impresión que iba a protestar de nuevo, pero Mila se mantuvo firme y no apartó los ojos de los de él. El hombre tampoco titubeó, sino que le sostuvo la mirada, como si con ello esperara poder hacerla cambiar de opinión, pero pareció comprender que estaba decidida a hacerlo… con su ayuda, o sin ella.

–Entiendo, alteza.

Y estaba segura de que así era. De todos los que vivían y trabajaban entre aquellos muros, nadie podría entender su dilema mejor que él, que había sido testigo del pésimo resultado de las alianzas matrimoniales de la familia real generación tras generación. Claro que difícilmente se podría esperar otra cosa cuando aquellas uniones se hacían pensando solo en el linaje de las dos partes, y no en si serían compatibles el uno con el otro. Pero su corazón le decía que Thierry y ella podían aspirar a algo mejor; se merecían algo mejor.

–Entonces, ¿me ayudarás? –insistió.

–Vuestra seguridad es lo que más preocupa, alteza. Si os ocurriera algo…

–No me pasará nada –lo interrumpió Mila–. Aunque primero debemos averiguar quién es esa… cortesana –dijo torciendo el gesto al pronunciar la palabra–, y cuáles son sus planes de viaje. Todo depende de eso.

–No será fácil, alteza.

–Pero es imprescindible que consigamos esa información –respondió Mila–. Y gracias, Gregor.

–Vuestros deseos son órdenes, alteza –dijo Gregor con una reverencia–. Vuestro pueblo solo desea que seáis feliz.

Mila solo esperaba que su plan de raptar a aquella cortesana y ocupar su lugar funcionase, porque si no… los dos se meterían en un lío muy gordo.

Thierry desabrochó el cincho de su espada ceremonial y arrojó ambas cosas sobre la cama sin el menor miramiento.

–¡Nico! –llamó–. Échame una mano con esto, ¿quieres?

Su ayuda de cámara salió a toda prisa del vestidor y le ayudó a quitarse el uniforme militar de gala que había llevado en el funeral de su padre esa tarde. El peso del ceñidor, las condecoraciones, los cordones trenzados y demás adornos del traje lo estaban sofocando, y estaba ansioso por despojarse de toda aquella parafernalia.

El día se le había hecho interminable. Primero la larga procesión desde el palacio hasta la catedral, siguiendo a pie el féretro de su padre por las calles de la ciudad, en cuyas aceras se agolpaban sus súbditos. Primero un pie y luego el otro; en eso se había centrado durante todo el trayecto, rodeado de pompa y ceremonia. Era lo que lo había ayudado a aguantar hasta el final, hasta que su padre había sido enterrado en el panteón familiar, allí en palacio. Todo aquello le había hecho pensar en los años de entrega y dedicación al deber que tenía por delante, y en lo que se esperaba de él.

Era para lo que había sido educado; lo mismo que se esperaría de sus hijos después de él. Si es que los tenía. Nunca se había parado a pensar cómo sería ser padre. Era un concepto que para él no tenía connotaciones positivas por su propia infancia disfuncional, con unos padres distantes a los que siempre se había esperado que tratase con el mayor respeto y devoción. Incluso a su madre, que se había desentendido por completo de su posición y sus responsabilidades mucho antes de embarcarse en el romance que había terminado con su muerte.

—¿Necesitáis algo más, majestad? —inquirió Nico cuando hubo terminado su tarea.

—No, gracias, Nico. Y disculpa mi mal humor.

—No hay nada que disculpar, señor. Ha sido un día difícil para su majestad.

Difícil, sí, esa era la palabra, pensó Thierry mientras entraba en el enorme cuarto de baño anexo a su dormitorio. Se quitó los boxer, entró en la ducha y abrió el grifo. Tenía una reunión con el rey Rocco de Erminia dentro de una hora. Obviamente era un encuentro dictado por el deber, aunque, si consiguieran dejar a un lado sus diferencias, podría resultar muy provechoso para ambas partes. Al fin y al cabo los dos ansiaban lo mismo: una paz duradera entre Erminia y Sylvain y la apertura de su frontera, lo que se esperaba que mejorase la economía de ambos países.

El problema era que todavía había miembros de sus respectivos gobiernos que se negaban a ese entendimiento y querían mantener el *status quo*. Thierry comprendía su desconfianza, pero pertenecían a una era que había que cerrar. Había llegado el momento de avanzar con cambios positivos en vez de empecinarse en los errores del pasado.

Querría poder escapar a su cabaña en las montañas, pensó mientras el chorro de la ducha le aliviaba la tensión acumulada en el cuello y los hombros, pero aquella reunión era ineludible. Además, dentro de tres semanas el rey de Erminia se convertiría en su cuñado.

Thierry levantó el tapón de cristal tallado de la licorera y miró al corpulento hombre de pelo negro sentado en un sillón junto a la ventana de la biblioteca.

–¿Brandy? –le preguntó.

–En realidad, mataría por una cerveza –respondió su invitado, el rey de Erminia, con una sonrisa.

Thierry sonrió también.

–¿Vaso o botellín?

–Botellín –contestó Rocco.

Thierry abrió el mueble bar y sacó un par de botellines. Sin duda a sus respectivos asesores de protocolo les daría un patatús si los vieran bebiendo a morro, pero le daba igual. Le quitó el tapón a los dos botellines y le tendió uno a Rocco, que tomó un trago y le preguntó:

–¿Es de aquí?

Thierry asintió.

–Creo que no la importamos en Erminia. Y quizá deberíamos hacerlo; es buena.

Se quedaron en silencio mientras tomaban otro trago. Thierry sabía que, con la boda a solo unas semanas, debería preguntarle por su hermana, pero había pasado mucho tiempo de su primer encuentro, y no había ido demasiado bien.

No, se reprendió, estaba siendo injusto. Por aquel entonces la princesa Mila aún era apenas una chiquilla, y era normal que, habiéndose criado entre algodones, hubiese estado nerviosa aquel día ante la idea de que iba a conocer a su futuro marido. Además, ¿qué había esperado?, ¿una hermosa mujer de mundo? ¿Alguien con quien poder conversar largo y tendido de temas que lo entusiasmaban?

Y entonces se acordó de Angel. Hacía menos de una semana de aquello, pero parecía que hubiese pasado una vida entera. Por un instante deseó ser un ciudadano de a pie para haber podido… ¿Pero qué estaba pensando?, se dijo irritado, apartando esa idea de su mente. No era como los demás, ni su vida era como la de los demás. Tenía una serie de obligaciones para con su país, y pronto iba a casarse con la princesa de Erminia.

El cosquilleo que lo había invadido al recordar a Angel se disipó de inmediato. Tomó otro trago de cerveza y se volvió hacia su invitado con resignación.

–¿Cómo está Mila? –le preguntó–. ¿Disfrutó de su estancia en el extranjero? Si mal no recuerdo se fue a estudiar a Estados Unidos, ¿no?

Fue decir esas palabras y ¡bum!, lo asaltó de nuevo el recuerdo de Angel: el aroma de su perfume, la caricia de sus labios cuando se habían despedido en el coche…

De pronto se dio cuenta de que Rocco había hablado y estaba esperando una respuesta.

–Perdona –se apresuró a disculparse–. ¿Podrías repetir lo que has dicho?

–¿Soñando despierto con tu prometida? –lo picó Rocco con una media sonrisa–. Te decía que está muy cambiada. Ha pulido tanto su carácter como su educación. Si cuidas de ella como se merece, será una excelente reina consorte.

En el tono de Rocco había un inequívoco matiz protector, pero a ese respecto podía estar tranquilo. Jamás le haría daño a su hermana, y estaba dando los pasos necesarios para asegurarse de que la haría feliz –por lo menos en la cama–, solo que no era algo que uno trataría con el hermano de su prometida.

Por fortuna la conversación pronto derivó en temas más amplios sobre la relación entre sus reinos y cómo esperaban solventar las desavenencias entre ellos.

En general fue una reunión cordial, aunque a Thierry le quedó bastante claro que, de fracasar la relación entre su futura esposa y él, la frágil paz entre las dos naciones se quebraría, volvería la inestabilidad económica y podría llevar a nuevos enfrentamientos.

Cuando su visitante se hubo marchado, Thierry se sirvió una copa de brandy y fue hasta la ventana, que miraba al país vecino. Confiaba en que su prometida estuviese preparada para la vida a la que pronto tendría que enfrentarse. Ya se había concretado la agenda de eventos a los que tendría que asistir o presidir cuando regresaran de su luna de miel, y a partir de ese momento ya no estaría bajo la protección de su hermano, sino bajo el escrutinio constante de los medios.

Pero quizá debería preocuparse menos por Mila, que contaría con la ayuda de sus asesores para aclimatarse, y más por lo que tenía que hacer para que se sintiera a gusto a su lado. Por eso había decidido tomar lecciones sobre las «artes amatorias» para aprender a satisfacer plenamente a su esposa. Por supuesto, para no faltar a la promesa que se había hecho de mantenerse célibe hasta la noche de bodas, dicha instrucción sería estrictamente teórica. Es decir, que no tendría relaciones íntimas con su instructora. Pero estaba seguro de que, aun sin demostraciones prácticas podría aprender mucho para empezar su matrimonio con buen pie. Quería saber qué tenía que hacer exactamente para seducir a una mujer –y no solo físicamente, sino también en el plano emocional y en el espiritual–, y conseguir una unión duradera.

Y para ello había contratado los servicios de una discreta cortesana. ¿Quién si no podría instruirlo en los detalles sutiles relativos al placer de una mujer? Para él siempre había sido esencial estar preparado. Detestaba las sorpresas y los imprevistos, y si iba a casarse lo haría bien informado de todo lo que necesitara saber.

Capítulo Seis

–¡Esto es absurdo! Tengo un pasaporte diplomático; ¿por qué me han traído aquí?

Desde la sala en la que estaba escondida, Mila oía a la mujer discutir con un guardia de la frontera de Erminia en algún despacho. Cuando Gregor entró apresuradamente por la puerta, alzó la vista hacia él.

–¿Tienes sus documentos? –le preguntó levantándose.

–Los tengo –Gregor iba a dárselos, pero vaciló–. ¿Seguro que queréis seguir adelante con esto, alteza? Los riesgos…

–Soy consciente de los riesgos, pero no puedo quedarme de brazos cruzados –lo cortó Mila con firmeza.

Tomó los papeles de la mano de Gregor y estudió un momento la fotografía en el pasaporte de la mujer. Tenía el pelo largo y negro, como ella, y sus facciones no eran muy distintas. Mientras nadie se fijara muy de cerca en el color de sus ojos o en su estatura, podría hacerse pasar por ella sin despertar sospechas.

Un grupo del servicio secreto que seguía sus movimientos la había informado de su atuendo, y se había vestido de modo idéntico a ella, incluidas unas grandes gafas de sol que tenía en la mano, y un pañuelo de Hermès que le cubría el cabello. Pero, de cualquier modo, era un alivio saber que la documentación que le habían confiscado a Ottavia Romolo le permitiría atravesar la frontera con Sylvain sin problemas.

Sin embargo, estaba hecha un manojo de nervios cuando se puso las gafas, y rogó por que el chófer de Sylvain que había llevado hasta allí a Ottavia Romolo, y que estaba fuera, esperando a que los guardias terminaran de inspeccionar el maletero, no se diera cuenta, cuando subiera al coche, de que no era la misma mujer que había bajado de él.

–Deséame suerte –le dijo a Gregor.

–Buena suerte, alteza –respondió él, con expresión preocupada.

Mila le sonrió y le dijo:

–Anímate, Gregor. Aunque me descubrieran, no me fusilarán ni nada de eso.

–Supongo que no, pero puedo aseguraros que vuestro hermano no será demasiado magnánimo conmigo si se entera de lo que habéis hecho y de que os he ayudado.

–Entonces tendremos que asegurarnos de que eso no ocurra. ¿Has reservado esa suite de hotel para nuestra «invitada» y preparado al equipo de seguridad que se ocupará de ella?

–Sí, alteza. A la señorita Romolo no le faltará ninguna comodidad hasta vuestro regreso.

–Estupendo –dijo Mila–. Bueno, pues vamos a ello –murmuró irguiendo los hombros.

–Como acordamos, os acompañaré hasta que salgamos del edificio –dijo Gregor–. Y confío en que fuera todo el mundo estará demasiado ocupado como para fijarse en vos.

Ella asintió y salieron del edificio. Fuera el aire era

algo frío y olía a pino. Mila inspiró profundamente y avanzó con confianza hacia el coche negro que la esperaba. Gregor, que seguía a su lado, miró al agente que estaba supervisando el registro del maletero, y le indicó con un asentimiento de cabeza que estaban listos. El hombre dio una orden en erminiano a los guardias, que se apartaron al punto del coche y dijeron al chófer que podían proseguir su viaje.

Mila se subió al vehículo y cuando se abrochó el cinturón le sorprendió ver que no le temblaban las manos. Casi un milagro con lo rápido que le latía el corazón en ese momento, pensó. Alzó la vista hacia Gregor y se quitó las gafas un momento.

–Gracias, Gregor. No olvidaré esto –le dijo con una sonrisa.

Él asintió brevemente y cerró la puerta del coche.

–Perdone esta pérdida de tiempo, señorita Romolo –dijo el chófer, sentándose al volante–. No se puede confiar en estos erminianos. Pero le aseguro que cuando el rey se entere de esto rodarán cabezas.

Mila reprimió el impulso de defender a su gente, y se limitó a murmurar:

–Espero que no.

–Intentaré recuperar el tiempo que hemos perdido; deberíamos llegar a nuestro destino sobre las siete y media.

–Gracias. Creo que intentaré relajarme un poco.

–Por supuesto, señorita Romolo. La avisaré cuando estemos cerca de la cabaña.

En los últimos días los hombres de Gregor habían estado intentando descubrir dónde se encontraba la cabaña de Thierry, pero su localización era un secreto bien guardado. Pero precisamente por eso serviría muy bien a su propósito, porque allí nadie los molestaría. Lo único que la preocupaba un poco era que ni siquiera Gregor sabría dónde estaba exactamente. Había hecho jurar a sus guardaespaldas que mantendrían aquella «misión» en secreto, y se suponía que su hermano iba a estar fuera durante una semana, así que no tenía por qué enterarse de nada.

Aunque iba a casarse con Thierry y a convertirse en la reina de Sylvain, el comentario del chófer la había dejado algo intranquila. Había expresado de modo meridianamente claro su desprecio por la gente de su país, y Mila se preguntó cuánta gente en Sylvain compartiría ese sentimiento. Si así fuera, se le exigiría mucho más como reina consorte: no solo tendría que ganarse a su marido y a su pueblo, sino que tendría que hacerlo, sobre todo, por el bien de las gentes de Erminia a quienes dejaría atrás. Quizá había sido un error haberse quedado tanto tiempo en Estados Unidos. No solo se había distanciado de su pueblo, sino que también había perdido la oportunidad de hacerse un poco más cercana al de Thierry antes de su enlace.

Se mordió el labio, pensativa, y miró el paisaje por la ventanilla. Había estado tan empeñada en mejorar su educación para convertirse en la persona que creía que debía ser para su futuro esposo, que había desatendido otras igual de importantes. Lo único que podía hacer era intentar, en adelante, tomar mejores decisiones.

¿Se habría equivocado también con aquel plan descabellado? Solo quería un matrimonio sólido, y para eso lo primero era asegurarse de que Thierry no querría a otra mujer en su cama más que a ella. Además, aunque hubiese cometido un error, ya no había vuelta atrás. Su plan tenía que funcionar. Tenía que hacer creer a Thierry que era la cortesana a la que estaba esperando, y conseguir que se enamorase de ella para que no volviese a buscar en otros brazos lo que ella podía darle.

Llevaban un buen rato atravesando un desfiladero, donde la carretera, estrecha y serpenteante, ascendía por la montaña junto a un impresionante muro de roca . Mila se había quedado dormida a ratos, pero durante la última media hora había estado más que despierta, demasiado nerviosa para cerrar los ojos, a pesar del cansancio. Se notaba la boca seca y estaba empezando a dolerle la cabeza, pero estaba segura de que no era más que la tensión acumulada. En cuanto se reuniera con Thierry todo iría bien.

¿Por qué no habría de ir bien?, se dijo. Iba a ir allí para hacer lo que él le pidiera. ¿Qué hombre rechazaría eso? Una ola de calor la invadió al pensar en toda la información sobre sexo que había estado recabando esos días para poder hacerse pasar por una mujer experimentada.

Apretó los muslos al sentir una punzada de deseo en el vientre, y se deleitó con la suave presión de sus senos hinchados y sus pezones endurecidos contra el delicado encaje de las copas del sujetador. Se moría por sentir las fuertes manos de Thierry, o su pecho desnudo contra ellos.

Las mejillas le ardían. Si se excitaba así solo con pensar en lo que había aprendido esos días, no cabía duda de que sus investigaciones sobre el tema habían sido exhaustivas. Había pasado día y noche leyendo libros, tanto informativos como novelas de amor, y viendo películas románticas. Había intentado enfocarlo como la búsqueda de información que había llevado a cabo tantas veces para sus proyectos de carrera, pero no había imaginado la frustración que le generaría imaginarlos a Thierry y a ella haciendo las cosas que había leído.

Cuando el chófer disminuyó la velocidad, el corazón empezó a latirle más deprisa. Ante ellos se alzaba una verja de hierro que debía medir al menos tres metros, cuya puerta estaba flanqueada por sendos puestos de guardia. Uno de los guardias, vestido con el uniforme del ejército de Sylvain, se acercó al coche.

Mila contuvo el aliento mientras el chófer bajaba la ventanilla. Cruzaron unas palabras y el guardia dio orden a su compañero de que les dejara pasar. Las puertas de la verja se abrieron lentamente y, tras cruzarlas, iniciaron el ascenso por un empinado sendero de tierra.

Cuando vio a Pasquale entrar en el estudio, Thierry, que estaba sentado en un sillón junto a la chimenea encendida, se irguió en el asiento.

–Majestad, los guardias de la entrada nos han avisado de que el coche de la señorita Romolo acaba de entrar en la propiedad y estará aquí dentro de diez minutos.

Thierry se levantó.

–Gracias, Pasquale. Por favor, asegúrate de que nadie nos moleste. De hecho, quiero a todo el mundo fuera hasta nuevo aviso.

–¿A todo el mundo, señor?

–Todos; tú incluido.

–Pero… ¿quién le preparará las comidas?

–Creo que sabré arreglármelas sin que muramos de hambre durante una semana –contestó Thierry con una sonrisa socarrona–. Tenemos suficientes provisiones, ¿no?

–Como gustéis, señor –respondió Pasquale–, pero debo insistir en que se queden al menos los miembros del equipo de seguridad.

Thierry asintió.

–Por supuesto. Y, Pasquale…

–¿Sí, majestad? –inquirió el buen hombre, casi rogándole con la mirada que no le pidiese nada más que fuese en contra de su criterio.

Thierry, que sabía que a Pasquale no le agradaría lo que le iba a decir, esbozó una sonrisa y escogió con cuidado sus palabras.

–Ocúpate también antes de irte de desconectar todos los aparatos que puedan servir de distracción o como medio de comunicación con el exterior: la radio, la televisión, Internet…

Pasquale palideció.

–¿Los teléfonos también, señor?

–Los teléfonos también. Solo quiero que dejes un *walkie-talkie*, por si necesitara ponerme en contacto con el equipo de seguridad.

–Majestad, no creo que sea buena idea.

–Todo irá bien. Es solo que necesito privacidad absoluta. Si te parece puedes emitir un comunicado en mi nombre diciendo que me he tomado unos días de retiro para estar a solas y llorar la muerte de mi padre.

Pasquale dejó caer los hombros.

–Como queráis, majestad.

–Estupendo. Pues eso es todo. Gracias, Pasquale. Disfruta de tu permiso.

El secretario torció el gesto, pero finalmente le hizo una reverencia y se marchó.

Thierry fue hasta el ventanal, y al poco vio a través de ella al escaso personal de servicio y a Pasquale abandonando el lugar.

Minutos después reinaba el silencio. Inspiró profundamente. Para él quedarse a solas era un lujo al que estaba poco acostumbrado, y se le hacía raro. Pronto estaría allí su «instructora», pensó, algo nervioso.

Se apartó de la ventana y bajó a la planta inferior para esperar su llegada. Se le habían dado instrucciones al chófer de la señorita Romolo para que dejara en la puerta principal a su pasajera junto con su equipaje. Él mismo le daría la bienvenida y llevaría dentro sus cosas.

Aguardó impaciente en el salón, en cuya chimenea ardía un fuego acogedor. Aunque estaban en primavera, en las montañas hacía todavía bastante frío, y él iba bien abrigado, con un jersey de lana y unos vaqueros.

Le pareció oír el ruido de neumáticos pisando la grava de la rotonda frente a la cabaña. Luego escuchó una puerta de coche cerrarse, pasos, y de nuevo otra puerta cerrándose. Después, mientras oía el coche alejarse, las pisadas se dirigieron hacia la entrada y subieron los escalones de piedra.

Se dirigió al vestíbulo en cuanto la aldaba golpeó la puerta de madera. Al abrir lo cegó un instante la luz del atardecer que recortaba la silueta femenina frente a él, pero cuando la miró apenas pudo creer lo que veían sus ojos. ¿Angel?

Capítulo Siete

El corazón a Thierry le palpitaba con fuerza mientras la recorría con la mirada. No había esperado volver a verla, y menos allí, en su cabaña, su refugio del mundanal ruido. Tragó saliva. Una docena de preguntas se agolpaban en su garganta. No podía creer que la encantadora Angel a la que había conocido en Nueva York fuese la cortesana cuyos servicios había contratado por una semana.

Fue entonces cuando cayó en la cuenta de que ella aún no había dicho nada. De hecho parecía nerviosa, insegura. ¿Podría ser que estuviera equivocado, que no fuese Angel? Algunas diferencias sí que había. Por ejemplo tenía el cabello negro, y no rubio, y el atuendo no podía ser más distinto. La mujer frente a él llevaba un vestido ceñido, claramente ideado para seducir, y los zapatos, de al menos diez centímetros de tacón, hacían que sus torneadas piernas pareciesen interminables.

Pero cuando se quitó las gafas de sol y vio sus peculiares ojos ambarinos, los mismos que lo habían hechizado en Nueva York, supo que sí era ella. Pero aquello no era lo que él había planeado. Había solicitado los servicios de una cortesana que pudiera educarlo en las artes amatorias, creyendo que con una profesional no se sentiría tentado de romper su promesa de mantenerse virgen hasta el matrimonio. Sin embargo, a juzgar por el calor que se estaba extendiendo por todo su cuerpo, parecía que no le iba a resultar nada fácil. Dio un paso adelante y le tendió la mano.

–Bienvenida a mi cabaña, señorita Romolo. Espero que se sienta cómoda aquí durante su estancia.

Se le hacía raro hablarle de usted, y más llamarla «señorita Romolo», pero si quería que aquella fuese una relación estrictamente profesional, era lo más adecuado.

–Gracias, majestad. Estaba impaciente por llegar –contestó ella, estrechándole la mano antes de hacerle una reverencia.

Cuando volvió a erguirse, Thierry se dio cuenta de que su mano aún sostenía la de ella.

–Entre, por favor –dijo soltándola y haciéndose a un lado para dejarla pasar.

–Pe-pero mis cosas… ¿No las llevo dentro? –inquirió ella, señalando sus maletas con un ademán.

–No se preocupe; nadie se las va a llevar de ahí. Ya me ocuparé yo luego.

–¿Vos, ma-majestad?

De nuevo ese ligero tartamudeo. ¿Podía ser que estuviese nerviosa? La idea lo intrigó. ¿Por qué habría de estar nerviosa una cortesana? Sin duda debía estar acostumbrada a situaciones como aquella: reunirse con un nuevo cliente. ¿Podría ser que ella también se sintiese atraída por él?

–Solo son un par de maletas; creo que podré con ellas –le aseguró, con una sonrisa divertida.

Ella sonrió nerviosa, visiblemente tensa, y entró en la cabaña. Era extraño. Su ropa y el olor de su perfume le evocaban las palabras «pecado» y «seducción», pero la aprensión en su rostro insinuaba una ingenuidad que lo descolocaba.

Y luego, cuando cerró la puerta, el ruido de esta al cerrarse le hizo dar un respingo. Incapaz de disimular su contrariedad, su voz sonó algo áspera cuando le preguntó:

–¿Por qué no me dijo quién era en realidad cuando nos conocimos en Nueva York?

Mila tragó saliva y levantó la vista hacia Thierry.

–Pues… Es que cuando no estoy trabajando prefiero no revelar a qué me dedico, majestad –respondió, improvisando sobre la marcha–. Además, fuisteis vos quien os chocasteis conmigo y quien inició la conversación, no yo. Solo éramos dos extraños de visita en la ciudad. No tenía ni idea de que os encontraría allí.

–Pero me reconoció, ¿no es verdad? –inquirió él. Y, cuando ella asintió, le preguntó–: ¿Y no le parece que debería haberme dicho quién era, sabiendo que nos veríamos aquí una semana después?

–Porque me pareció que conoceros así, sin que supierais quién era, me daba la oportunidad de descubrir al hombre de carne y hueso detrás del título de rey, por así decirlo.

No era mentira.

–¿Y por qué «Angel»?, ¿por qué ese nombre?

–Bueno, es un nombre que… uso algunas veces –dijo. Tampoco era una mentira–. Y vos tampoco me dijisteis vuestro verdadero nombre.

Thierry la estudió en silencio, y Mila, aunque nerviosa por ese escrutinio, aprovechó para mirarlo también y recrearse la vista. Le encantaban sus anchos hombros, y el jersey de lana de color crema que llevaba resaltaba su piel aceitunada y también su barba de dos días, que le daba un aire algo salvaje, peligroso. ¿Un lobo con piel de cordero? Esa analogía le arrancó una sonrisa que reprimió a duras penas. Los vaqueros le sentaban muy bien, y cuando sus ojos se posaron en la bragueta no pudo evitar sentirse acalorada al pensar en lo que escondía y cómo sería hacer el amor con él.

Y si no fuera por los años que había pasado aprendiendo cómo debía comportarse en público, en ese momento no podría estar manteniendo una apariencia serena ante él. Porque se moría por ponerle las manos en el pecho, aspirar su colonia… Los imaginó desnudos en la cama, imaginó su barba arañándola, entre beso y beso, en el cuello, los pechos, los muslos… Tenía que parar o se derretiría a sus pies, se dijo, obligándose a levantar la vista y mirarlo a la cara.

–Debe estar cansada del viaje –dijo Thierry–. ¿Quiere refrescarse un poco antes de la cena?

Ella asintió.

–Gracias, me encantaría.

–Bien. La llevaré a sus aposentos.

Creía que iba a dormir con él. ¿No era para eso para lo que había contratado a una cortesana?, se preguntó Mila, confundida, mientras subía al piso de arriba detrás de él. Quizá prefiriera dormir solo e ir a su habitación solo para el sexo.

Thierry la condujo por un largo y amplio pasillo, de cuyas paredes colgaban cuadros o trofeos de caza. Se estremeció cuando pasaron junto a la cabeza de un ciervo con una cornamenta que intimidaba un poco.

—Sospecho que no es aficionada a la caza —observó Thierry cuando llegaron al final del pasillo.

—La verdad es que no, no cuando se caza por placer.

—¿He oído una nota de censura en su voz?

Ella se tensó. No sabía muy bien qué responder.

—No, jamás os censuraría, majestad.

Thierry cerró los ojos un instante y resopló, como irritado.

—Majestad, si os he molestado…

—No es eso —la interrumpió él—. Es que… es ridículo que nos tratemos como si fuéramos dos extraños, y eso de «majestad». Aquí soy Thierry, un hombre como otro cualquiera.

—Siento disentir, pero… no sois un hombre cualquiera.

Thierry apretó los labios, pero luego esbozó una sonrisa y respondió:

—No, supongo que no, señorita Romolo, pero preferiría que nos tuteáramos y que nos tratáramos de un modo menos formal. Si se siente incómoda llamándome por mi nombre de pila, podría llamarme Hawk, como aquel día en Nueva York.

—De acuerdo, siempre y cuando a mí sigas llamándome Angel —sugirió Mila.

—Angel… —repitió él, alargando la mano para acariciarle la mejilla con el dorso de la mano—. Si, te pega más que Ottavia.

A Mila le alegró que pensara así, sobre todo porque no habría soportado que la llamase por el nombre de otra cuando estuvieran en la cama.

Thierry se volvió para abrir la puerta que tenían ante sí, y entraron en un saloncito elegantemente decorado.

–Es precioso –murmuró ella, acercándose al ventanal, que se asomaba al extenso jardín.

Parecía que era la única parte de la propiedad moldeada por la mano del hombre. Más allá, hasta donde se extendía la vista, era todo agreste, todo bosque.

Thierry cruzó el saloncito para abrir otra puerta.

–Y esta es la alcoba.

Ella sonrió al oír ese término anticuado, pero cuando cruzó el umbral tuvo que admitir que esa palabra se ajustaba mejor que dormitorio a la belleza y la elegancia de aquella habitación. Claro que a aquella casa, que disponía de todo tipo de comodidades, tampoco la llamaría una cabaña.

–Iré a por tus maletas –dijo Thierry–. El baño está ahí –añadió señalándole otra puerta–. Tómate el tiempo que necesites y baja cuando estés lista.

Cuando se quedó a solas, Mila se estiró un poco para desentumecerse. Se daría una ducha y se cambiaría de ropa… si Thierry subía las maletas, como le había prometido. Se le hacía raro no haber visto aún a ningún sirviente. Además, ¿por qué habría de ocuparse él de su equipaje cuando podría hacerlo cualquier miembro del servicio? Bueno, ya lo averiguaría, se dijo entrando en el cuarto de baño y cerrando tras de sí antes de empezar a desvestirse.

Después de la ducha se secó y se envolvió en un albornoz blanco que había colgado detrás de la puerta. Si Thierry no había subido todavía sus bolsas, tendría que bajar a cenar de esa guisa, pensó. ¿O habría sido esa su intención desde el principio?, se preguntó algo nerviosa. Pero cuando salió del baño, allí estaban sus maletas. Bueno, las de Ottavia Romolo.

Se sintió como una ladrona al abrir una de las maletas y empezar a mirar lo que había en ella. No se sentía cómoda hurgando en los objetos personales de otra mujer, pero no le quedaba más remedio que hacer de tripas corazón. No habría podido cambiar el equipaje de Ottavia Romolo por el suyo sin despertar las sospechas del chófer.

Suerte que al menos se había llevado su bolso más grande, donde había metido sus utensilios de aseo y la lencería que había comprado para la ocasión –prendas mucho más atrevidas que las que ella solía ponerse–, porque si hubiera tenido que usar la ropa interior de otra mujer, sí que se hubiera sentido verdaderamente incómoda.

Mila apartó a un lado la lencería de Ottavia y se concentró en sacar el resto de la ropa de las dos maletas. Allí había tal cantidad y variedad de modelos, que Mila no pudo evitar preguntarse cuántas veces habría pensado en cambiarse de ropa al día.

Escogió para la cena un conjunto de seda de pantalón y camisola de color morado. Los pantalones eran anchos, y la camisola tenía un bordado alrededor del cuello y manga tres cuartos.

Se estremeció un poco cuando, al meterse los pantalones, la seda le hizo cosquillas en las nalgas. No estaba acostumbrada a llevar ropa interior tan escueta como el tanga que se había puesto, y le sorprendió lo sensual que era el roce de la seda. Acabó de deshacer las maletas y las colocó en un rincón del vestidor.

Tras maquillarse y cepillarse el cabello, que se dejó suelto, se calzó unas sandalias negras con un fino tacón de aguja. Era una suerte que Ottavia y ella tuvieran el mismo número de pie…

Cuando se miró en el espejo una última vez, fue como si estuviera mirando a una extraña, pero el verse tan distinta, como más sofisticada, la hizo sentirse más fuerte. Su plan iba a tener éxito, estaba segura. Una ola de deseo la invadió al pensar en la velada que estaba a punto de comenzar y, con las mejillas encendidas y los ojos brillantes, se preguntó si harían el amor esa misma noche.

Capítulo Ocho

Cuando Mila llegó al salón, Thierry estaba de espaldas a ella, de pie frente a la chimenea y con las manos en los bolsillos, aparentemente hipnotizado por el baile de las llamas. Aprovechó para pasear la mirada por la habitación. Sobre el suelo de piedra se habían colocado varias alfombras en tonos rojizos para hacer el salón menos frío, y la distribución de los muebles creaba cómodos rincones para sentarse a charlar, o para acurrucarse y leer un libro. Y luego estaba la enorme chimenea, frente a la cual había una mesita alargada y sofás de cuero dispuestos en forma de herradura a su alrededor.

Al cruzar el umbral de la puerta Thierry oyó sus pasos y se volvió hacia ella.

—¡Ah, ya estás aquí! —la saludó con una sonrisa—. ¿Tienes hambre?

A Mila le hizo ruido el estómago, y los dos se rieron.

—Creo que puedes tomar eso como un sí —le dijo sonrojándose.

La verdad era que estaba hambrienta. Los nervios apenas le habían dejado probar bocado en el desayuno y el almuerzo.

—Tengo aquí una bandeja con entremeses —dijo Thierry, señalando la mesita. Quitó unos cuantos cojines de los sofás y los puso en el suelo, junto a la mesa—. ¿Te parece bien para empezar?

—Claro —contestó Mila. Y se quitó las sandalias antes de sentarse sobre los cojines—. Es casi como si estuviéramos de picnic.

—¿Preferirías que nos sentáramos en el sofá? —le preguntó él, agachándose para sentarse a su lado.

—No, me gusta la idea que has tenido. Es más distendido.

Thierry le dio un plato y le indicó con un ademán que se sirviera lo que quisiera.

—¿Qué te gusta más de lo que hay aquí? —inquirió ella, con su mano oscilando, dubitativa, sobre la selección de embutidos, quesos y hortalizas .

—No se trata de lo que me guste a mí —respondió él, contrariado.

—¿Eso crees? —le espetó ella, mirándolo a los ojos—. Pues permite que te diga que te equivocas. De hecho, creo que esta podría ser nuestra primera lección. ¿Alguna vez te han dado de comer?

Thierry frunció el ceño.

—No desde que era niño.

—Pues dar de comer a otra persona puede ser un acto muy íntimo, ¿sabes? Y simboliza el toma y daca que debe haber en una relación, además de que te ayuda a aprender y comprender qué le gusta al otro.

Envolvió en una loncha de salami un corazón de alcachofa y se lo tendió, acercándoselo a la boca. Thierry vaciló un instante, pero finalmente se inclinó hacia delante para tomar aquel bocado que le ofrecía. A Mila el corazón le martilleaba contra las costillas, y cuando los labios de Thierry rozaron las yemas de sus dedos, por un momento se olvidó hasta de respirar.

Un cosquilleo eléctrico la recorrió, haciéndola estremecer, y él, que pareció darse cuenta, la asió por la muñeca y murmuró:

—¿Estás bien? No tienes por qué estar nerviosa conmigo. Aquí no soy un rey, ¿recuerdas? Tan solo Hawk.

Mila liberó su mano al tiempo que asentía y, en un intento por concentrarse tomó un poco de hummus con una rodaja de pepino y se la ofreció a Thierry, que esbozó una sonrisa antes de acercar la boca. Mientras masticaba hizo un ruido gutural, como si le gustara la combinación de sabores, y procedió a darle también a ella a probar algo.

Mila se sentía desconcertada de que se hubieran invertido las tornas, pero tomó la pequeña rebanada de pan de ajo con salsa de tomate que Thierry le tendía y lo saboreó con gusto.

—¿Qué te apetece beber? —le preguntó Thierry—. ¿Prefieres tinto, o vino blanco? ¿O mejor champán?

—Creo que champán.

Thierry se levantó.

—De acuerdo; vuelvo enseguida.

¿Pero por qué no llamaba a algún sirviente para que se lo trajera?, se preguntó Mila. Y él debió notar su extrañeza, porque se detuvo y le preguntó:

—¿Ocurre algo?

—No, nada. Es solo que me estaba preguntando… ¿dónde está el servicio? ¿Les has dado la noche libre?

—Les he dado toda la semana libre.

—¿Cómo?

—Les he relevado de sus obligaciones durante tu estancia. Estoy seguro de que lo comprenderás. No quería que tuviéramos público, ni ningún tipo de distracciones.

¿Estaban completamente solos? La idea la excitaba y la aterraba a la vez.

—Bueno, puedo hacerme la cama; por eso no hay problema —dijo riéndose.

Pero se le cortó la risa al darse cuenta de que acababa de meterse ella sola en un terreno de arenas movedizas.

—De eso no me cabe duda. Estoy seguro de que eres una mujer tan capaz como hermosa. Bueno, voy a por el champán.

Cuando abandonó el salón, Mila apoyó la espalda en el sofá sin saber muy bien qué pensar. Por un lado se sentía como una tonta por haberse sorprendido: Thierry había pretendido engañarla con otra mujer y obviamente no había querido arriesgarse a que algún sirviente fuese luego contándolo por ahí.

Pero, por otro lado, aquella situación a ella le venía mejor que bien, porque ya no tenía que preocuparse porque alguien del servicio la reconociera. Claro que era difícil que eso hubiera ocurrido: durante su adolescencia había pasado inadvertida por ser la hermana feúcha y torpe del rey de Erminia, y luego había pasado siete años en el extranjero y había cambiado tanto que era poco probable que nadie la reconociese.

Bueno, había cambiado físicamente, porque en su interior seguía siendo aquella chica que solo quería complacer y sentirse aceptada. ¿La aceptaría Thierry tal y como era?

—Pareces pensativa —comentó este, que había aparecido a su lado con la botella de champán y dos copas.

—Lo estaba —admitió ella, alzando la vista—. La verdad es que me estaba preguntando qué esperas de mí.

Thierry, que acababa de descorchar la botella con un abridor especial, se quedó mirándola un momento antes de responder.

–Bueno, creo que eso quedó especificado con bastante claridad cuando contraté tus servicios.

Mila maldijo para sus adentros.

–Ya, pero es que… querría que me lo dijeras con tus propias palabras –improvisó, esbozando una sonrisa.

–Está bien. Necesito que me instruyas en el arte de la seducción. Quiero asegurarme de que sabré satisfacer a mi futura esposa en la cama –dijo Thierry mientras servía el champán.

Mila parpadeó. ¿Estaba haciendo aquello por ella?

–Eso es muy noble por tu parte, Hawk –le dijo, tomando la copa que le tendía–. Bueno, pues, entonces quizá deberíamos comprometernos a esforzarnos para que tengáis un matrimonio largo y feliz.

Thierry levantó su copa.

–Esa es la idea –dijo, y brindaron.

El cosquilleo de las burbujas del champán no era nada comparado con el que Mila sentía en ese momento en el estómago. Un pensamiento cruzó por su mente, y lo soltó sin darse cuenta.

–O sea que quieres hacerla feliz en la cama. ¿Y fuera de ella también? –le preguntó.

Thierry tomó un largo trago de su copa antes de asentir.

–Por supuesto. Para mí es muy importante que mi matrimonio tenga éxito. No quiero que la gente sienta lástima de nosotros, ni que chismorreen, ni quiero repetir los errores de mis padres y de quienes los precedieron.

Vaya, parecía que los dos querían lo mismo…

–Entiendo –dijo Mila–. Pero no has sido muy conciso. ¿Cómo esperas que te ayude a conseguirlo?

–Quiero que me digas qué debo hacer para que mi esposa sea feliz. Quiero que me enseñes a comprenderla como mujer: sus estados de ánimo, lo que desea, lo que necesita… Todo.

–¿Y no crees que habría sido más fácil que se lo hubieses preguntado directamente a ella?

Thierry sacudió la cabeza.

–Me ha sido imposible. Ha estado viviendo en el extranjero los últimos siete años, y cuando nos conocimos se comportó como un animalillo asustado, así que dudo que hubiera estado muy receptiva a hablar de sexo. Además, temo que considere nuestro matrimonio como un deber nada más.

–Pero los dos os vais a casar por deber, ¿no?

Se le hacía raro estar hablando de sí misma como si fuera otra persona.

–Sí, pero nuestro matrimonio no tiene por qué basarse solo en el deber.

–¿Y cuál va a ser tu enfoque? ¿Vas a ir despacio con ella?

Él soltó una risa cínica.

–¿Despacio? Nos casamos a finales de este mes.

–Puedes cortejarla cuando ya estéis casados.

Thierry negó con la cabeza.

–Desde el primer día estaremos sujetos a lo que se espera de ella y de mí. Sería difícil cortejarla con todas las miradas puestas en nosotros.

En eso tenía toda la razón. Desde su regreso había sentido esa presión, y le había resultado difícil salir de palacio para embarcarse en aquella «misión», aunque por suerte no imposible. ¡Y a Dios gracias que su hermano estaba fuera por asuntos de Estado! Después de mucho discutir con Gregor cómo explicarían que fuese a ausentarse, finalmente habían acordado que dirían que se marchaba una semana a la casa de verano de su familia junto al lago, para poder estar a solas y disfrutar de algo de calma antes de la boda. Por fortuna nadie había cuestionado su excusa, y su carabina y sus guardaespaldas habían accedido a respetar su deseo de viajar sola.

—Así que, como ves, tengo que pisar el acelerador —comentó Thierry—. ¿Qué tal si empiezas por instruirme en los juegos preliminares al sexo? —le propuso, seleccionando otro bocado de la bandeja.

Cuando se lo ofreció, Mila lo rechazó. De pronto se le había quitado el apetito. Su mente era un hervidero de pensamientos. Se había equivocado de parte a parte con Thierry; lo había juzgado injustamente. Claro que... ¿cómo podría no haber pensado mal de él cuando había contratado los servicios de una cortesana? Lo último que se le hubiera ocurrido era que lo hubiera hecho por ella.

Sin embargo, la fea marca de los celos no se desvaneció. Le dolía que hubiera cambiado de opinión con respecto a llegar al matrimonio virgen al cien por cien como ella, que, en vez de que descubriesen juntos los placeres del sexo, como marido y mujer, hubiese escogido que lo instruyese en ellos una extraña.

—Vas un poco deprisa —le dijo a Thierry—. Verás, creo que debes tener en cuenta que a las mujeres queremos que un hombre nos haga sentirnos especiales en todo momento, no solo antes de meternos en la cama.

Thierry ladeó la cabeza y la miró con fingida sorpresa.

—¿No me digas?, ¿de verdad? —exclamó, como si acabara de revelarle un secreto colosal.

Mila reprimió una sonrisa y le dio un manotazo de broma en el hombro.

—Sí, de verdad. ¿Vas a escucharme o no?

—Te estoy escuchando —contestó él con una sonrisa traviesa.

—Bien. Pues no basta con que sonrías a tu esposa de manera lasciva cuando estéis en la cama, y que le digas lo sexy que está.

—Entonces… ¿eso es algo que no debería hacer?

—No, me has malinterpretado. O a lo mejor es que yo me he explicado mal —Mila suspiró e intentó poner sus pensamientos en orden—. Lo que quiero decir es que puedes encontrar mil oportunidades a lo largo del día para seducir a tu esposa.

—¿Me estás diciendo que la manosee en cualquier momento? —le preguntó Thierry, con un brillo travieso en los ojos.

Mila reprimió una sonrisa y enarcó una ceja a modo de reproche.

—No, sabes perfectamente que no me refiero a eso. Lo que quiero decir es que tienes que «sazonar» vuestro día a día con muestras de cariño, con detalles que le demuestren qué piensas en ella. Puedes apartar un mechón de su rostro mientras hablas con ella, tomarla de la mano y entrelazar tus dedos con los de ella cuando salgáis a pasear… La intimidad comienza por esas pequeñas cosas. Puede ser algo tan simple como buscar su mirada cuando veas algo divertido que sabes que a ella también le hará gracia. O algo más concreto, como dejarle una nota sobre la almohada, o mandarle un mensaje al móvil cuando estéis separados para que sepa que te acuerdas de ella, o una foto de algo que crees que le gustará.

–O sea, hacerla partícipe de mi día a día. Y supongo que cuando ella haga lo mismo, debo hacerle ver que me siento afortunado de tenerla a mi lado. ¿Algo así?

Mila sonrió satisfecha.

–Exactamente. La seducción es algo que implica un esfuerzo constante, sobre todo cuando quieres enamorar a una mujer y no solo llevártela a la cama. En nosotras el deseo sexual no es algo que se active con un interruptor. Respondemos mejor cuando se nos corteja, cuando se nos muestra de forma repetida que nos desean y nos valoran.

–Entonces… ¿primero tengo que seducir mentalmente a mi esposa?

–Básicamente. Es una lástima que no hayáis tenido contacto desde que os prometisteis.

Thierry se encogió de hombros.

–¿Qué sentido habría tenido? Es un matrimonio concertado; no es como si tuviera que pedirle que se casase conmigo y convencerla para que me dijera que sí.

–Pero si quieres que el vuestro sea un matrimonio feliz, ¿no cree que se merece conocerte un poco mejor antes de la boda?

–Ella no parece que tenga interés. En estos siete años solo hemos cruzado algunas cartas en un tono formal. No me ha mandado ninguna foto suya, ni me ha llamado por teléfono. Los dos deberíamos poner de nuestra parte, ¿no?

Mila palideció. Tenía razón. Era injusto esperar que fuera él el único que se esforzase. Parecía que en los asuntos del corazón estaba tan verde como en el sexo.

–Por supuesto –admitió–. Y eso me lleva a otra pregunta: ¿cómo podría cortejarte ella?

Thierry se rio.

–¿Qué, es que también vas a instruir a mi prometida? –bromeó.

–Bueno, lo haría si pudiera –murmuró Mila, rehuyendo su mirada–. ¿Crees que funcionaría, como cuando los matrimonios van a terapia de pareja?

–Seguro que sí –respondió él, pero luego se puso serio y añadió–: Pero la princesa Mila y yo no somos una pareja normal. Somos dos extraños que van a iniciar una vida juntos, y temo que no funcionará.

–¿Por qué? ¿Piensas que no tendréis nada que deciros? Tu prometida… imagino que habrá recibido una buena educación, ¿no? Supongo que podrás hablar con ella de igual a igual…

Thierry se encogió de hombros.

–Claro. Su hermano me ha dicho que ha tenido muy buenas notas en la universidad.

–¿Entonces? ¿Es que no te atrae? –insistió ella con curiosidad.

–Su aspecto no es lo que más me preocupa. Es que… va a ser mi consorte, la madre de mis hijos, si es que los tenemos. Quiero que nuestra relación sea duradera, que nos respetemos el uno al otro, que compartamos nuestros sueños… Esas cosas son muy importantes para mí.

Para ella también lo eran.

–¿Y no crees que ella también querrá lo mismo?

–No lo sé. Apenas la conozco. De hecho, apenas sé nada de ella. Necesito saber cómo seducirla, y no solo físicamente, sino también en el plano emocional. No quiero que llegue un día en que al mirarla vea odio en sus ojos, como lo vi tantas veces en los ojos de mi madre cuando miraba a mi padre. Ni quiero acabar tratándola con el desdén que mi padre mostraba hacia mi madre. No quiero tener un matrimonio así –murmuró. Había angustia en sus ojos–. Por esa razón te he hecho venir aquí. Porque quiero que me ayudes a hacer que mi esposa se enamore tan profundamente de mí que jamás busque en los brazos de otro hombre algo que yo no le pueda dar. ¿Puedes hacerlo?

Capítulo Nueve

Thierry la miró a los ojos, ansioso porque le dijera que sí.

–A ver si lo he entendido –murmuró ella–: ¿quieres que te enseñe cómo seducir a tu prometida a través del intelecto y los sentidos, para después pasar a lo físico?

–Eso es.

Por un momento ella pareció sorprendida, pero luego se dibujó en sus labios una sonrisa.

–No es lo que esperaba que me pidieras, pero creo que podré hacerlo.

–¿Y por dónde empezamos?

–Bueno, cuando quieres ganarte a alguien, lo habitual es preguntarle qué cosas le gustan para ver si tienes con ella algo en común, ¿no? Por ejemplo, ¿a ti qué te gusta hacer en tu tiempo libre?

–¿En mi tiempo libre? No estoy muy seguro de saber lo que es eso.

Angel se rio, y el sonido de su risa hizo sonreír a Thierry.

–¡Perfecto! –exclamó Angel.

–¿El qué? –inquirió él contrariado.

–El humor es perfecto para romper el hielo cuando estás intentando conocer mejor a alguien.

Ya. Solo que él no intentaba ser gracioso; su día a día estaba siempre repleto de obligaciones.

–Entiendo. Entonces, ¿cómo lo hacemos? ¿Fingimos que no nos conocemos? No sé si voy a saber hacer esto.

Angel se giró para estar de frente a él y apoyó un codo en el asiento del sofá.

–Solo tienes que hacer lo mismo que cuando nos conocimos en Nueva York, Hawk. Y a mí entonces no me pareció que tuvieras ningún miedo a fracasar.

–Bueno, es que entonces no estaba hablando con mi prometida –apuntó él.

Al decir eso le pareció como si Angel se quedara aturdida, pero fue solo un instante, y pensó que tal vez se lo hubiera imaginado.

–Ya, tienes razón. Está bien, entonces finjamos que soy tu prometida –dijo ella–. ¿Qué querrías saber de mí?

Thierry, que no sabía por dónde empezar, titubeó, e hizo reír a Angel una vez más.

–¡Venga, no es tan difícil! –lo pinchó–. ¿Qué pasa?, ¿es que le tienes miedo? ¡Ni que fuera un dragón!

–No, claro que no.

–Pues entonces relájate. Seguro que no te morderá.

Angel sonreía divertida, y Thierry se encontró preguntándose cómo sería sentir el roce de esos blancos dientes contra su piel. A pesar de su capacidad de autocontrol, perfeccionada a lo largo de todos esos años, de pronto el deseo estaba desgarrándolo por dentro.

Aquello no había sido buena idea. Quería aprender a conquistar a su prometida, la princesa Mila, no sentirse desesperadamente atraído por otra mujer. Se levantó y fue hasta la chimenea.

–Esta noche no consigo relajarme –le confesó mi-

rando las llamas–. Quizá deberíamos dejarlo para mañana por la mañana, cuando los dos estemos descansados.

Oyó a Angel acercarse a él por detrás. El aroma de
su perfume, aunque sutil, se coló a través de la barrera
que su mente que, con tanto esfuerzo, estaba intentando sostener.

–Lo siento, Hawk. No pretendía…

–No es por ti. Tal vez me haya impuesto unas expectativas demasiado altas. Tengo tan poco tiempo y…

–Sé lo importante que esto es para ti –lo interrumpió ella–. No pasa nada; lo comprendo. Nos veremos
por la mañana.

Mientras la oía alejarse, Thierry reprimió el impulso de detenerla.

–Sí, por la mañana –murmuró–. ¿Sabes montar a
caballo? –le preguntó abruptamente, volviéndose hacia
ella.

–Hace bastante que no lo hago, pero sí, sé montar.

–Estupendo. Entonces saldremos a dar un paseo a
caballo antes de desayunar. Reúnete conmigo en las
cuadras, detrás de la casa, cuando te levantes.

–¿Seguro? Soy de las que se levanta temprano –le
avisó ella con una sonrisa, enarcando una ceja y ladeando la cabeza.

¿Por qué tenía que ser tan encantadora? Thierry se
sentía hechizado por cada uno de sus gestos y movimientos, por cada palabra que cruzaba esos carnosos
labios. Únicamente los separaban unos pasos. Unos
pasos y podría tomarla entre sus brazos, podría besarla,
y no solo rozar sus labios por accidente, como aquella
noche en Nueva York. No, tenía que contenerse, se reprendió con firmeza. Carraspeó y contestó:

—Yo también; la mayoría de los días ya estoy despierto al alba, cuando cantan los pájaros.

Ella sonrió, ladeando la cabeza de nuevo, y su oscura melena cayó hacia delante, dejando al descubierto la suave curva de su cuello. Se moría por acariciarle el cabello, por besar la piel desnuda de su garganta… Thierry se metió las manos en los bolsillos del pantalón y tragó saliva.

La observó mientras subía la escalera con las sandalias colgando de los dedos. La fina tela de la camisola marcaba ciertas partes de su anatomía que sabía que no debería estar mirando, solo que no podía apartar los ojos de ella…

Maldiciendo entre dientes, se giró sobre los talones, abandonó el salón y no se detuvo hasta llegar al vestíbulo. Salió de la casa, y echó a andar hacia el bosque a la tenue luz de los últimos rayos del sol, que casi se había ocultado por completo. Lo que necesitaba era un poco de aire fresco y caminar, se dijo. Podía controlarse; podía controlarse…

La silueta plateada de la luna asomaba ya tras las montañas cuando regresaba a la cabaña. Hasta habían cesado las últimas notas del canto de los pájaros, que ya habrían vuelto a sus nidos para pasar la noche.

Solo había algunas ventanas iluminadas, un recordatorio de que había dado toda la semana libre al servicio, y únicamente quedaba una persona. Una persona a la que había pedido que fuese allí sin imaginar lo atraído que iba a sentirse por ella.

¿Cómo podía haber sido tan estúpido? Solicitar los

servicios de una cortesana, una maestra de la seducción, sin pensar en que acabaría cayendo bajo su hechizo, como los marineros por el canto de las sirenas...

Pero la solución era muy simple: a la mañana siguiente le diría que se marchase. Ni paseo a caballo, ni lecciones de seducción... ¡Al diablo con todo!

Estaba decidido... hasta que entró en la cabaña y, sediento tras la larga caminata, fue a la cocina, y allí sentada encontró a la mujer que, sin pretenderlo, se había convertido en su talón de Aquiles.

Envuelta en una bata de seda que apenas ocultaba la corta combinación de satén y encaje que llevaba debajo, estaba devorando una rebanada de pan con una loncha de queso y otra de fiambre de pavo como si no hubiera comido en una semana.

Al oírlo entrar levantó la vista, sobresaltada, y tragó la comida que tenía en la boca. Él, que se había quedado mirándola, comprendió de repente.

–Perdona. Sabía que tenías hambre y ni siquiera te he dado de cenar. Soy un anfitrión horrible.

Angel sacudió la cabeza.

–No pasa nada. Ya soy mayorcita; sé cuidar de mí misma.

–¿Quieres algo más? –le preguntó él, señalando la bandeja, que obviamente se había traído del salón.

–No, ya voy servida. ¿No quieres comer nada? Tú también debes tener hambre.

Su apetito no se saciaría con comida. Negó con la cabeza, sacó un vaso del armarito y lo llenó con el grifo del fregadero.

–El agua viene de un manantial de montaña –le dijo a Angel–. ¿No quieres un poco?

Angel sacudió la cabeza, levantando el vaso de leche que tenía en la mesa, tomó un trago y sonrió. Era una mujer de contrastes, pensó Thierry: se vestía con la lencería más fina, pero comía con el apetito de un jornalero tras una dura mañana de trabajo en el campo; antes la había visto tomar con elegancia sorbitos de champán, y ahora se bebía aquel vaso de leche con el entusiasmo de una niña.

Se había lavado la cara y así, sin maquillar, parecía más joven. Le gustaba más así, al natural, pensó, aunque preferiría que llevase algo más de ropa encima.

–¿Has disfrutado de tu paseo? –le preguntó Angel.

¿Que si lo había disfrutado? Había estado demasiado enfadado consigo mismo como para disfrutar nada.

–El bosque siempre está precioso en esta época del año –murmuró.

–No has respondido a mi pregunta –observó ella–. ¿Haces eso a menudo?

–Puede ser. A veces es más fácil evadir una pregunta que dar una respuesta sincera –admitió él a regañadientes.

–¿Y también piensas mostrarte evasivo con tu esposa?

–No –respondió él de un modo enfático–. Quiero que podamos ser sinceros el uno con el otro en todo. El engaño es la semilla del descontento, y no toleraré que haya mentiras entre nosotros.

Angel tomó otro sorbo de leche.

–Me alegra oír eso. Entonces, volveré a preguntártelo: ¿has disfrutado de tu paseo?

Thierry resopló de pura frustración.

–No. Apenas he mirado a mi alrededor mientras caminaba. Salí enfadado y no me he parado ni un segundo a admirar la belleza del paisaje, que seguramente podría haberme calmado, y ahora también estoy enfadado conmigo mismo por eso.

Angel se rio suavemente.

–Bien hecho. Aplaudo tu sinceridad. Bueno, no ha sido tan difícil, ¿no?

–Y un cuerno que no –replicó él, y se encontró riéndose con ella.

–Pues tendremos que trabajar eso –dijo Angel levantándose y tomando su plato y su vaso.

Thierry la siguió mientras lo llevaba al fregadero. Cada movimiento resaltaba las formas femeninas de su cuerpo: sus turgentes pechos, la curva de sus caderas y sus nalgas, sus muslos…

La sinceridad no era lo único que tenía que trabajar, pensó girándose para servirse otro vaso de agua bien fría. Sí, el autocontrol estaba al principio de la lista de cosas que tenía que mejorar, reconoció para sus adentros al notar lo tirante que empezaba a notarse la bragueta del pantalón.

–Deja, ya acabo yo –le dijo cuando vio que iba a recoger lo que quedaba en la mesa–. Es lo menos que puedo hacer como anfitrión –añadió tras terminarse el segundo vaso de agua.

–A mí no me lo digas dos veces – respondió ella con una sonrisa descarada–. Siempre se me ha dado mejor desbaratarlo todo que recoger.

–No sé por qué no me sorprende –contestó Thierry, enarcando una ceja.

Angel sonrió aún más.

–Ya, ya, pero seguro que no me equivoco si digo

que tú no habrás limpiado mucho en tu vida, ¿a que no? ¿Para qué vas a limpiar, cuando tienes a un montón de gente a tu servicio?

–No es tan maravilloso como parece: no tengo que mover un dedo, pero apenas tengo privacidad.

–Eso me lo creo –dijo Angel, poniéndose seria–. Bueno, te dejo; nos vemos por la mañana.

–Sí, por la mañana. Que duermas bien.

–Gracias. Tú también, Hawk, dulces sueños.

Cuando Angel salió de la cocina, se dio cuenta de que no quería que se fuera. Aquello era ridículo. Apenas la conocía y estaba obsesionado con ella…

Quizá no hubiera sido buena idea mantenerse célibe todos esos años. Quizá, si se hubiera permitido un poco más de libertad, ahora no estaría consumiéndolo el deseo. Siempre se había considerado un hombre paciente, alguien que había elevado a la categoría de arte el autocontrol, pero de repente parecía como si esa capacidad de autocontrol estuviera siendo puesta a prueba al límite. No sabía cómo, pero tendría que sobrevivir a esos siete días sin sucumbir a la tentación.

Capítulo Diez

Mila se levantó a las seis y se fue derecha a la ducha. Después de las emociones del día anterior, había creído que le costaría conciliar el sueño, pero se había quedado dormida en el momento nada más meterse en la cama, y ahora se sentía llena de energía y lista para afrontar el día.

Después de secarse el pelo, que se recogió en una coleta alta, y ponerse la ropa interior, se encontró rebuscando en los cajones y el armario, deseando recordar mejor dónde había puesto cada cosa.

Estaba segura de que había visto unos pantalones de montar entre las cosas de la señorita Romolo… ¡ah, sí, allí estaban! Se los enfundó, y se puso también una camiseta ajustada y un jersey antes de ir a por unos calcetines de lana y las botas de montar.

Desde luego la señorita Romolo había pensado en todo, se dijo, preguntándose si la cortesana se habría quedado tan sorprendida como ella al saber que a Thierry le preocupaba más cómo ganarse a su futura esposa que seducirla.

Apartó de su mente a aquella mujer. No quería pensar en ella en ese momento, ni tenía que preocuparse por ella. Estaría recibiendo las mejores atenciones, como le había indicado a Gregor que se hiciera, y seguramente le daría igual que le pagasen por tomarse unas vacaciones en un hotel de lujo en vez de estar con un cliente, se dijo mientras bajaba descalza la escalera.

Cuando llegó abajo se sentó en el último escalón para ponerse los calcetines y las botas, y fue a la cocina, donde tomó una manzana del frutero que había sobre la mesa. Mientras se la comía a mordiscos, deambuló por la planta baja hasta encontrar la puerta trasera de la cabaña y salió fuera. El aire de la mañana era fresco, pero el sol ya estaba ascendiendo por el despejado firmamento, y prometía ser un día cálido.

Cruzó el amplio patio, y caminó hasta las cuadras, un enorme edificio de madera. Dentro se oía el suave relinchar de los caballos y el ruido de sus cascos.

–Buenos días –la saludó al verla entrar Thierry, que salía de un cuarto a su derecha, con una silla de montar en los brazos–. Ya veo que no bromeabas cuando me dijiste que te gustaba levantarte temprano.

Él también llevaba pantalones y botas de montar, además de un polo ajustado de manga corta que dejaba al descubierto sus brazos fuertes y bronceados. Levantó la silla y se la colocó a un alazán castaño rojizo como si no pesara más que la manta sobre el lomo del animal.

–¿Por qué desperdiciar en la cama un día tan hermoso? –le contestó ella.

No lo había dicho con doble sentido, pero había sonado un poco raro. La verdad era que podría pasarse un día entero en la cama con él y no lo consideraría como un día desperdiciado. Al pensar eso se le encendieron las mejillas, y miró a su alrededor, buscando algo que hacer o sobre lo que hablar para que él no se percatara de su azoramiento.

–¿Quieres que te ayude a preparar a los caballos? –le preguntó.

–Casi he acabado –contestó él, mientras ajustaba la cincha y comprobaba los estribos–. He pensado que Henri sería una buena montura para ti. Es muy dócil.

Mila se acercó y alargó la mano para acariciar al alazán en la frente antes de ofrecerle lo que quedaba de su manzana.

–Gracias. Como te dije anoche, hace bastante que no monto. Unos cuantos años, de hecho.

–Henri cuidará bien de ti, no te preocupes –dijo Thierry, dándole unas palmadas suaves al caballo en la grupa.

Desenredó las riendas del poste y, seguido de Mila, condujo a Henri hasta la otra salida del establo, en el extremo opuesto. Allí esperaba otro caballo ya ensillado, un majestuoso corcel gris.

–¡Vaya, es precioso! –exclamó Mila.

–No le digas eso, o se le subirá a la cabeza –dijo Thierry riéndose.

Le dio unas palmadas en el cuello y le susurró algo al oído. El caballo relinchó suavemente por respuesta, y la escena enterneció a Mila. ¡Era tan fácil encariñarse con Thierry…!

–¿Cómo se llama? –le preguntó.

–Sleipnir. Es un nombre de…

–De la mitología nórdica, lo sé –lo interrumpió ella–. El caballo de Odín, nada menos. Un nombre muy noble para un noble corcel. ¿Hace mucho que lo tienes?

Thierry, que se había quedado anonadado al ver que sabía de dónde venía el nombre, respondió:

–Desde que era un potrillo. Tiene cinco años.

–Es justo la clase de caballo que habría imaginado que tendrías –observó Mila.

Seguro que sería una imagen magnífica: él a lomos de Sleipnir.

–¿Nos vamos? –le preguntó Thierry–. ¿Quieres que te ayude a subirte al caballo?

–Te lo agradezco. Hace tanto que no monto…

Thierry se colocó junto al flanco de su caballo y se inclinó, con las manos entrelazadas.

–Gracias –murmuró ella, poniendo el pie en ellas.

Thierry la impulsó y, ya encima del animal, Mila pasó la pierna al otro lado de la silla para sentarse a horcajadas. Metió los pies en los estribos y tomó las riendas.

–¿Está bien ese largo para ti, o quieres que las suelte un poco más? –le preguntó Thierry, con una mano apoyada en su muslo mientras comprobaba las riendas.

–S-sí –balbució ella, apenas capaz de concentrarse en la pregunta, con el calor de su mano–. Así está perfecto, gracias.

Thierry se subió a su caballo y se puso junto a ella.

–He pensado que podríamos tomar un sendero a través del bosque, y luego, cuando lleguemos al prado que hay al otro lado, les dejaremos rienda suelta a Henri y a Sleipnir. ¿Qué te parece?, ¿estás dispuesta?

–Me parece estupendo –murmuró ella–. Estoy dispuesta para lo que quieras.

Cuando Thierry se quedó mirándola, Mila se dio cuenta de lo que había dicho y apartó la vista, muerta de vergüenza. Iba a tener que cuidar más las palabras que salieran de su boca.

–Bueno, pues vamos –dijo Thierry, y se pusieron en marcha.

Mientras avanzaban por el sendero, solo los trinos de los pájaros en las ramas de los árboles rompían el silencio. Mila aspiró el aire fresco y el olor a bosque, y se relajó sobre su montura. Al día siguiente estaría algo dolorida, pero estaba disfrutando del paseo.

Al cabo de veinte minutos la espesura del bosque empezó a disminuir, y pronto llegaron al prado que Thierry había mencionado, un prado inmenso salpicado de flores silvestres.

–¡Venga, vamos a galopar un poco! –le dijo Thierry, agitando las riendas y espoleando a su caballo.

Mila lo imitó, y rio mientras Henri salía corriendo tras Sleipnir. Había olvidado la maravillosa sensación de libertad que se experimentaba al correr al galope a lomos de un caballo sintiendo el viento en la cara.

Sleipnir era mucho más rápido que su alazán, y cuando por fin les dieron alcance a Thierry y a él, se habían detenido junto a un arroyo y Thierry había desmontado. Era un lugar tan idílico que casi parecía salido de una fotografía, y mientras desmontaba ella también así se lo dijo a Thierry, quien acudió raudo a su lado para ayudarla, asiéndola por la cintura hasta que sus pies tocaron el suelo.

–Teniendo una cabaña en un sitio tan hermoso, ¿cómo lo soportas cuando tienes que volver a la ciudad? –le preguntó.

Thierry se quedó callado un momento.

–Este es mi sitio favorito –respondió finalmente–, y el saber que seguirá aquí, esperándome, es lo que lo que lo hace soportable.

Mila le puso una mano en el pecho y, mirándolo a los ojos, le preguntó:

–¿Tan difícil es ser de la realeza?

Ella sabía lo difícil que podía ser a veces, pero quería saber cómo lo vivía Thierry.

–Es mi vida –contestó él encogiéndose de hombros–; no conozco otra cosa.

A pesar de su respuesta, intuyó, por su mirada sombría, que las obligaciones de su cargo le pesaban tanto como a ella. Mila dejó caer la mano y optó por intentar aligerar un poco el tono de la conversación.

–Entonces, la vida de un rey… ¿no es todo fiestas y banquetes?

La comisura de los labios de Thierry se arqueó ligeramente.

–No, claro que no. Y menos mal, porque si no me pondría como un tonel.

–Cierto –dijo ella, mirándolo y fingiéndose pensativa. Le hincó un dedo en el estómago, que estaba duro como una piedra, y bromeó diciendo–: Me parece que os está saliendo tripita, majestad.

Una sombra le cruzó el rostro a Thierry, que se apartó de ella.

–Hawk. Aquí soy solamente Hawk –le recordó muy serio.

Contrariada, Mila escrutó su rostro.

–¿Has deseado alguna vez que todo Sylvain pudiera ser como este lugar? –le preguntó mientras llevaban a los caballos hacia el arroyo para que pudieran beber.

–Sí y no. Lógicamente un país necesita de la industria para avanzar y para que la economía funcione, pero sí animo al gobierno a considerar alternativas sostenibles cuando en el parlamento se discute alguna ley que puede afectar al medioambiente. Claro que por desgracia mis sugerencias suelen caer en saco roto. No es fácil persuadir a la gente para que pruebe energías alternativas, y más cuando eso implica costes mucho mayores.

–Yo creo que tendremos más posibilidades de concienciar a la gente si empezamos por educar a los niños en el colegio de que el desarrollo sostenible es esencial para la supervivencia de nuestro planeta –apuntó Mila–. Cuando eso se comprenda, será mucho más fácil.

–Sí, pero… ¿no será para entonces demasiado tarde? –murmuró Thierry, con la mirada perdida en las montañas.

–Puede que nosotros no lleguemos a ver grandes cambios en política medioambiental a nivel global –respondió ella–, pero tienes que pensar que estás luchando por el futuro, por tus nietos y los nietos de tus nietos.

–Nietos… –repitió él–. Eso me abruma un poco; ni me he casado todavía.

–Pero es lo que uno espera cuando se casa, ¿no?, tener hijos y nietos.

Ella tenía muy claro que quería tener hijos, tres o cuatro por lo menos. Rocco y ella se llevaban tantos años que nunca habían tenido la relación de hermanos que le hubiera gustado que tuvieran.

–Claro –admitió él–. Pero la verdad, hasta ahora ni me he planteado lo de los hijos. Sé que tengo la responsabilidad de dar continuidad a la línea sucesoria, pero cuando pienso en el pésimo legado de mis predecesores, a veces me pregunto si no sería mejor que permaneciera soltero y dejase que la monarquía muriese conmigo.

–¡No! –protestó Mila–. ¡No digas eso!

–Seamos sinceros: la monarquía es un concepto anticuado.

–Pero tú tienes un papel que desempeñar: sigues siendo un símbolo de la unidad del país, y el representante del pueblo. Todo el mundo conoce la labor tan importante que hiciste liderando esa campaña para reducir la contaminación de las vías fluviales en tu país –argumentó Mila con pasión.

–Bueno, fue un paso en la dirección correcta –concedió Thierry.

–Es más que eso. Tu pueblo ve que te implicas en las cosas que te importan, que no es algo que apoyes solo de boquilla. Te pusiste al frente y le diste a tu gente un ejemplo a seguir. No puedes tirar eso por la borda.

–Perdona si te he decepcionado con mi pesimismo –se disculpó Thierry–. Supongo que ya te habrás dado cuenta de que no soy más que un ídolo con pies de barro.

–No, me he dado cuenta de que eres un ser humano, y que como tal, como el resto de nosotros, tienes debilidades, pero también tienes cosas buenas.

Cuanto más conocía a aquel hombre, que pronto se convertiría en su marido, más claro tenía que lo amaría durante el resto de sus días. ¡Si tan solo consiguiera que él la amase a ella también…!

Capítulo Once

–Pero dejemos de hablar de mí –dijo Thierry–. Cuéntame más sobre qué debo hacer para conquistar a mi prometida.

–Muestra interés por ella; interés de verdad.

Thierry la miró sorprendido.

–¿Así de simple?

Angel gruñó y puso los ojos en blanco.

–Pues claro que sí. ¿Qué hace una mujer cuando conoce a alguien?

Él se quedó mirándola sin saber qué decir. ¿Cómo iba a saber lo que hacía una mujer cuando conocía a alguien si él era un hombre?

–Hacen preguntas –le dijo Angel en un tono irritado, como si fuera algo evidente–. Muestran interés hacia su interlocutor. Eso da lugar a un diálogo, que puede conducir a una conversación, y ayudarte a descubrir intereses en común con la otra persona. Y todo fluye a partir de ahí –le explicó–. Por ejemplo, ¿cómo te hiciste esa cicatriz que tienes junto a la ceja derecha? Apenas se aprecia… –lo tomó por la barbilla para hacerle girar un poco la cabeza–, excepto cuando le da la luz.

Thierry, que estaba haciendo un esfuerzo por ignorar el suave tacto de sus dedos, respiró aliviado cuando dejó caer la mano.

–Eres muy observadora. Pues me la hice un día que había salido precisamente a montar a caballo y no estaba prestando atención. Estaba tan distraído charlando con los amigos que me acompañaban, que no me fijé en una rama baja que había un poco más adelante. Me golpeé con ella y me caí del caballo. Todo el mundo se asustó al ver la sangre, pero, a pesar de la cicatriz que me quedó, solo fue una herida sin importancia, y la experiencia me enseñó a estar más atento.

–¿Qué edad tenías cuando ocurrió?

–Ocho años. Mi padre me echó una buena bronca por ser tan despistado, mientras que mi madre me besaba y me abrazaba como si hubiese estado a punto de morir. ¿Y tú? –le preguntó–, ¿tienes alguna historia interesante que contar de una cicatriz en alguna parte oculta de tu cuerpo? –le preguntó con picardía.

Angel vaciló.

–Bueno, yo… –comenzó.

Pero de pronto se apartó de él para ir hacia donde Henri estaba pastando, y agarró las riendas.

–Ya lo vas pillando –le dijo, esbozando una sonrisa.

–¿El qué? –inquirió él, confundido.

–Lo de hacer preguntas para entablar conversación y conocer mejor a alguien –respondió ella–. ¿Continuamos? Podemos seguir hablando mientras montamos.

¿Por qué de repente había puesto distancia entre ellos?, se preguntó Thierry. Era ella quien había sugerido que tenía que aprender a hacer preguntas para conocer mejor a su prometida, y se suponía que debía ensayar con ella. Y en cambio, ahora que le había hecho una simple pregunta, había zanjado la conversación como si le diese miedo contestar.

–Claro, si es lo que quieres… Podemos volver a la cabaña para desayunar –le propuso mientras la ayudaba a montar.

–Me parece bien –contestó ella.

–Tomaremos un sendero distinto –le dijo Thierry tras montar también, y fue delante para indicarle el camino.

Ya de regreso en las cuadras, Angel desmontó deprisa y se puso a desabrochar la cincha de la silla de montar. Thierry desmontó también y fue junto a ella.

–Deja, ya lo haré yo –le dijo agarrándola suavemente por la cintura para apartarla del animal.

–No soy de porcelana –replicó ella–. Puedo ayudar.

–Como quieras –contestó contrariado. Señaló con la cabeza hacia el cuarto donde se guardaban los aparejos–. Ve a por un par de cepillos; yo iré quitándoles la silla de montar.

Mila aprovechó ese momento a solas para recobrar la compostura. Aquellos días con Thierry estaban resultándole muy provechosos para conocerlo mejor, pero a la vez inmensamente difíciles. Ansiaba contarle la verdad, decirle quién era en realidad y dejar caer los velos de subterfugio con que los había envuelto a ambos, pero no podía.

Dudaba de que Thierry se tomase bien que estuviera engañándolo así, pero es que ansiaba tanto –¡Dios, cómo lo ansiaba!– poder ser ella misma con él… No, habría tiempo de sobra para eso cuando estuviesen casados, se recordó. Miró a su alrededor hasta encontrar los cepillos a por los que la había mandado y volvió con Thierry.

Juntos cepillaron a los caballos, los devolvieron a sus boxes y terminaron de recogerlo todo.

–¿Te parece que vaya y prepare algo para desayunar? –le preguntó a Thierry.

–¿No te fías de lo que pueda preparar yo? –inquirió él, enarcando una ceja.

–No es eso –protestó Mila.

–Bueno, como quieras. Soy lo bastante hombre como para aprovecharme de tu ofrecimiento. Iré a darme una ducha mientras tú te ocupas de la comida –respondió él, con una sonrisa burlona.

Mila lo miró con los ojos entornados.

–¿Ya estás otra vez comportándote como un machista?

–¿Otra vez?

–Como aquel día en Nueva York.

Thierry resopló.

–En absoluto. O al menos, no pretendía parecer machista –le aseguró sonriendo–. Y para compensarte, si te he ofendido, me ofrezco a preparar yo la comida y la cena. ¿Te parece suficiente castigo por mi metedura de pata?

Mila no pudo evitar sonreír, y asintió con la cabeza.

–Gracias, sería estupendo.

–Y eso es lo que debería haber respondido yo cuando me has preguntado si preparabas el desayuno –observó Thierry.

–Aprendes rápido –lo picó ella.

–No me queda otra si quiero aprovechar tus lecciones.

Y así, de repente, allí estaba de nuevo esa tensión sexual entre ellos que hacía que saltaran chispas. Mila sintió como si cada célula de su cuerpo la empujase hacia él. ¿Se estaba acercando Thierry? ¿O era ella la que se estaba acercando a él? Fueran uno de ellos, o los dos, de algún modo acabaron frente a frente.

Las manos de Thierry se posaron en su cintura, y las de ella, como si una fuerza magnética las moviera, subieron al pecho de él. Bajo sus palmas podía sentir los fuertes latidos de su corazón, y cuando Thierry inclinó la cabeza y tomó sus labios, sintió que se derretía contra él, como si su cuerpo estuviese diciéndole que debieran haber hecho aquello mucho antes.

Se arqueó hacia él, deleitándose con el contraste entre los duros músculos del pecho y el abdomen de Thierry y sus blandas formas, y casi ronroneó de satisfacción al notar lo excitado que estaba. Era la prueba palpable de que la encontraba atractiva.

En un instante se disipó la preocupación que la había acompañado todo ese tiempo de que para él jamás sería otra cosa más que la torpe y desgarbada adolescente a la que había conocido años atrás.

Las manos de Thierry se deslizaron hacia su espalda para estrecharla aún más contra sí. Sus senos quedaron aplastados contra su pecho, y Mila sintió cómo se endurecían sus pezones, como suplicando que Thierry los tocara. De pronto le sobraban el sujetador y el resto de la ropa.

Los firmes labios de Thierry asediaban los suyos de un modo muy sensual, y al claudicar finalmente y abrir la boca, se estremeció de placer cuando succionó suavemente su labio inferior. Le clavó las uñas en la camisa, presa del deseo, y de repente, en un instante, se encontró con que no había más que aire frente a ella.

Casi perdió el equilibrio al abrir los ojos y darse cuenta de que Thierry la había apartado de él y había retrocedido varios pasos.

–¿Hawk? ¿Qué…? –lo llamó, alargando el brazo hacia él.

–¡No! –la cortó él, y se pasó una mano temblorosa por la cara–. No me toques. No debería haber hecho eso. Te pido disculpas.

–Pero… ¿por qué no? ¿Qué tiene de malo? Contrataste mis servicios como cortesana, ¿no?

Mila no podía estar más confundida, y por más que trataba de comprender qué le pasaba, no lo conseguía.

–No puedo romper mi promesa –dijo él–. No puedo volver a tocarte de esa manera… Esto ha sido un error… Estar aquí, contigo… me está convirtiendo en un hombre débil.

Había angustia en su voz. Angustia mezclada con desprecio, no hacia ella, sino hacia él mismo.

–¿Qué promesa? ¿Tu promesa de casarte con la princesa? –aventuró, intentando dilucidar a qué se refería.

–Sí, mi promesa a ella, y a mí mismo.

–Háblame de esa promesa a ti mismo –le pidió ella.

–No puedo… Ahora no. Por favor, ve a la cabaña. Solo necesito estar a solas un rato –le dijo Thierry. Sus ojos grises la miraban turbulentos, como las aguas de un lago azotadas por un fuerte viento en un día nublado.

Pero ella no quería que las cosas se quedaran así. No cuando todo su cuerpo vibraba aún por el efecto de aquel beso.

–No, dime qué ocurre. Estoy aquí para ayudarte. ¿Cómo voy a poder hacerlo si te niegas a abrirte a mí?

–fue hasta él y lo tomó de la mano–. Hawk, por favor, ayúdame a entenderte. ¿Por favor?

Lo vio tragar saliva. Estaba tan rígido, haciendo un esfuerzo tan grande por reprimirse, que por un momento temió que volviera a apartarla de él, pero entonces sintió como, poco a poco, empezaba a relajarse. Inspiró profundamente y cuando por fin habló su voz sonó áspera, como si las palabras que pronunció le rasparan la garganta.

–La fidelidad lo es todo para mí.

–Como debería ser –murmuró ella.

–No, tú no lo entiendes –replicó él, sacudiendo la cabeza.

–Pues entonces explícamelo –lo instó Mila–. Háblame.

–Crecí viendo a mis padres vivir bajo el mismo techo, pero jamás como un matrimonio de verdad. Para cuando ya fui lo bastante mayor como para comprender, apenas se soportaban, pero no podían vivir separados por su posición. Durante años mi padre antepuso cualquier obligación y preocupación a la felicidad de mi madre, hasta que ella ya no pudo aguantarlo más. Se dejó llevar por su corazón e inició una relación con un hombre que creía que la amaría… y aquello acabó destruyéndola. No dejaré que mi esposa pase por algo así.

–¿Y tú? ¿Qué pasa con lo que quieres tú?

–Lo único que yo quiero es ser lo mejor posible como persona, en todos los aspectos, y asegurarme de que mi comportamiento no dañará a mi pueblo… ni a mi esposa.

–Hawk, eso es admirable, pero debes comprender que no puedes controlarlo todo.

Thierry se apartó de ella.

–Sí que puedo. Soy el rey de Sylvain. ¿Y de qué sirvo como rey si yo no soy capaz de controlar todo aquello sobre lo que tengo alguna influencia? No seré como mi padre. No dejaré que mis defectos como persona hagan infelices a otros. Haré que mi matrimonio funcione y que mi esposa me ame.

–¿Y tú la amarás a ella también?

Capítulo Doce

Thierry se sintió atacado por sus palabras.

–La respetaré y la honraré como mi consorte, y haré todo lo que esté en mi mano para hacerla feliz. ¿Acaso no basta con eso?

Angel lo miró con lástima.

–Si tú amaras a alguien y solo pudieras esperar a cambio respeto, ¿crees que con eso te bastaría? ¿No te parece que no es mucho más de lo que le ofreció tu padre a tu madre?

Thierry resopló.

–Él no la respetaba, y no le importaba nada su felicidad. Para él no fue más que un vientre con el que engendrar un heredero, y cuando lo rechazaba y no quería compartir su cama, se buscó a otras mujeres con las que reemplazarla.

Angel lo miraba espantada. Era evidente que no estaba al tanto de los rumores sobre las numerosas aventuras que había tenido su padre. No se había podido probar ninguna de ellas, por supuesto, pero Thierry sabía que habían ocurrido; con mucha discreción, eso sí.

¿De dónde iba a haber sacado él la idea de contratar los servicios de una cortesana sino de su padre? ¡Si hasta se había ofrecido en una ocasión a buscarle una él!

–Jamás trataría a mi esposa de un modo tan cruel –le aseguró a Angel–. Me aseguraré de tratarla siempre con la dignidad que merece como persona y como princesa.

—Pero tú esperas obtener de ella más que eso —replicó Angel—. Quieres obtener su amor, pero no estás dispuesto a ofrecerle a cambio el tuyo.

—Yo no… No puedo prometerle eso —contestó él, con un nudo en la garganta.

Había una honda decepción en los ojos de Angel cuando le respondió con una voz hueca:

—Pues entonces lo siento por tu esposa, porque yo no podría vivir sin amor.

Cuando Angel salió de las cuadras y se alejó hacia la cabaña, la siguió con la mirada sintiendo cada paso que daba como una puñalada en el corazón. ¿Que no podía vivir sin amor? Él ni siquiera sabía lo que era el amor. Jamás lo había experimentado. Pero sí sabía lo que era sentirse atraído por una mujer, y los problemas que eso podía acarrear.

Abandonó las cuadras, pero no se dirigió a la cabaña, sino al bosque, y solo se detuvo cuando se calmó y logró reprimir la necesidad imperiosa de ir tras Angel, de disculparse por las cosas que le había dicho, de decirle que… ¿Qué?, ¿que la amaba? Ridículo. Se sentía atraído por ella, pero eso era todo.

Debería haberse mantenido firme en su decisión y haber hecho que se fuera esa mañana. La idea con que había contratado sus servicios se había ido al traste. Aquello estaba siendo una pérdida de tiempo y no estaba cumpliendo su objetivo de aprender a ganarse a su prometida; solo complicando aún más las cosas.

Regresó a la cabaña, decidido a decirle que ya no necesitaba de sus servicios, pero cuando entró en el salón y Angel, que estaba de pie junto a la ventana de la cocina, se volvió, vio que había estado llorando.

Sintió una punzada en el pecho, y fue a su lado para tomarla entre sus brazos. Al principio ella se resistió un poco, pero terminó cediendo a su abrazo.

—Lo siento —murmuró él contra su cabello—. No pretendía hacerte sentir mal.

—No… no es culpa tuya —replicó ella sollozando—. La culpa es mía y de mis estúpidos ideales.

—No es estúpido querer ser amado.

Al pronunciar esas palabras, Thierry se dio cuenta de que lo pensaba de verdad, que no eran solo unas palabras vacías de consuelo. Sus padres habían hecho que dejara de creer en el amor, pero cuando estaba con Angel sentía que quería creer que el amor sí era posible, que no era solo un concepto sentimental e idealizado. Y, sin embargo, no podía enamorarse de Angel. Era una cortesana, y él estaba comprometido.

Angel se apartó de él y le dijo:

—Pues si lo crees así, ¿no te parece que deberías darle al menos una oportunidad a tu prometida, abrirte a la posibilidad de amarla? Es que… dices que quieres hacerla feliz, lo cual es admirable, pero… ¿no debería hacerte feliz ella también a ti?

Su pregunta planteaba una cuestión interesante.

—Bueno, la verdad es que hasta ahora no lo había considerado necesario —admitió.

—Entonces… ¿no vas a decirme que me marche? —le preguntó Angel.

—No —contestó él con una sonrisa—. Te contraté para que me ayudaras, y aún confío en que puedas ayudarme. Lo harás, ¿verdad?

Angel lo miró muy seria, y algo vacilante, pero finalmente asintió.

–Lo haré –le prometió. Fue a la nevera y después de echar un vistazo dentro, giró la cabeza y le preguntó–: ¿Huevos revueltos y beicon?

–Me parece bien. ¿Quieres que te eche una mano con algo?

–No, no hace falta.

–Bueno, pues yo recogeré luego y fregaré los platos –propuso él–. Entonces, si no te importa, creo que iré a darme esa ducha.

Angel sonrió, pero la sonrisa no se reflejó en sus ojos.

–Claro.

Thierry vaciló al llegar a la puerta. Quería preguntarle por qué había estado llorando, pero lo pensó mejor y decidió que quizá no fuera buena idea reavivar el tema. No podía establecer un vínculo emocional con ella, se dijo saliendo de la cocina y dirigiéndose a la escalera. Tenía que encontrar la manera de mantener las distancias entre ellos, de que su relación fuera solo la de maestra y alumno. No le quedaba otro remedio.

Habían pasado un par de días, y entre Thierry y ella se había establecido una especie de rutina. Por la mañana, por ejemplo, salían a montar a caballo o a pasear por el bosque. Habían hablado ya de una amplia variedad de temas, y a Mila le encantaba poder aprender más sobre él y que él quisiera escuchar sus opiniones, cosa que esperaba que siguiera haciendo cuando estuviesen casados. Seguía preocupándole cómo reaccionaría cuando descubriese su engaño, pero acallaba su mala conciencia diciéndose que solo estaba dándole lo que él quería: ¿quién mejor que ella para enseñarle cómo conquistarla?

Las tardes, en cambio, eran una auténtica tortura. Thierry había empezado a pedirle consejo acerca de la parte física de la relación de pareja, no explícitamente acerca del sexo, sino acerca de cómo propiciar el siguiente paso en esa dirección, y Mila había conducido sus «lecciones» a temas más íntimos y sensuales.

El problema era que la noche anterior, cuando se habían dado las buenas noches y había subido a acostarse, se sentía como una botella de gaseosa que alguien hubiese estado agitando. Había intentado aliviar su frustración dándose un baño relajante, pero no le había servido de mucho, y a juzgar por el mal humor de Thierry esa mañana, parecía que él se sentía igual.

Cuando le había dicho que no le apetecía salir a montar con él y que prefería quedarse a leer en la biblioteca, su respuesta no podría haber sido más áspera. Había dejado que se fuera sin hacer ningún comentario al respecto, aunque su contestación la había dejado más furiosa que un enjambre de abejas.

Al poco de marcharse Thierry había empezado a llover, pero habían pasado varias horas y aún no había regresado. Había encendido el fuego y no podía estar más a gusto, acurrucada en un sillón orejero junto a la ventana, pero no conseguía concentrarse en el libro que había escogido.

Fue entonces cuando se oyeron en el patio de atrás los cascos de Sleipnir. Miró por la ventana y vio a Thierry, empapado, desmontando y llevando a su caballo a las cuadras. Al poco rato se escuchó la puerta y oyó a Thierry irse derecho al piso de arriba.

Se levantó para devolver el libro a su estantería, se sentó en otro sillón frente a la chimenea, y se preguntó, mientras miraba las llamas, si a Thierry se le habría pasado el mal humor.

No tuvo que esperar mucho para averiguarlo, porque a los pocos minutos la puerta de la biblioteca se abrió y apareció Thierry. Se había cambiado de ropa, pero aún tenía el pelo mojado.

–Ah, ya has vuelto –dijo, intentando parecer despreocupada, como si no hubiese estado contando los minutos–. ¿Qué tal tu paseo a caballo?

–Mal –contestó él de un modo abrupto.

Se acercó a la chimenea y se plantó delante, extendiendo las manos para calentarse.

–Vaya, lo siento –balbució ella–. ¿Quieres que me vaya y te deje a solas? –inquirió, levantándose del asiento.

Thierry se volvió y la agarró por la muñeca para detenerla cuando estaba a punto de marcharse.

–No, no quiero que te vayas.

Mila no estaba segura de qué pasó después, pero de pronto se encontró pegada al cuerpo de Thierry y con sus labios sobre los de ella. Era un beso dominante, una expresión de su ira y su frustración, y Mila, que sabía que le sería imposible apartarse de él cuando sus brazos estaban sujetándola con la fuerza de un cepo, hizo lo contrario. Se quedó quieta, con los brazos caídos y los labios inmóviles, sin responder al beso.

No quería sino zafarse de su abrazo y abandonar la habitación, dejarlo a solas con su ira, pero al poco notó que un cambio sobrevenía a Thierry. Al momento sus brazos se aflojaron, dándole la libertad de apartarse, y despegó sus labios de los de ella. Sin embargo, en vez de alejarse de él, Mila se quedó donde estaba, y le hizo frente.

–¿Te sientes mejor ahora? –le espetó en un tono lo más calmado que pudo.

Él la miró avergonzado, y Mila sintió compasión por él.

–Perdóname, Angel, no debería haber hecho eso –murmuró Thierry–. Si quieres irte, no te detendré, y llamaré inmediatamente para que vengan a buscarte.

–Eso no será necesario –respondió ella–. Contrataste mis servicios, y no me marcharé hasta que no haya terminado mi trabajo. Aunque, si eso es lo mejor que sabes hacer… –esbozó una pequeña sonrisa–, parece que no estoy haciendo mi trabajo demasiado bien.

Thierry frunció el ceño, como herido en su pundonor, pero pronto su expresión se tornó humilde.

–Te pido disculpas de nuevo. Quizá podrías darme otra oportunidad para demostrarte cuánto he aprendido contigo.

Antes de que ella pudiera responder, Thierry la atrajo de nuevo hacia sí, esta vez con más suavidad, la tomó por la barbilla para mirarla a los ojos y le preguntó:

–Angel, ¿puedo besarte?

Ella asintió levemente, y esa vez, cuando los labios de Thierry tomaron los suyos, fue con una delicadeza infinita, y la besó de un modo tan sensual que la sangre que corría por sus venas parecía estar propagando calor y deseo por todo su cuerpo. Thierry deslizó la punta de la lengua por la unión entre sus labios, y Mila los abrió, al tiempo que tomaba su rostro entre las manos, y enroscó su lengua con la de él.

Thierry gimió y, cuando deslizó las manos por debajo de su jersey y acarició su piel desnuda, fue como si sus dedos dejaran a su paso un rastro ardiente. Sus labios abandonaron los de ella, y cubrieron con pequeños besos la línea de su mandíbula y la curva de su cuello. Mila se estremeció cuando la besó debajo del lóbulo de la oreja, antes de descender de nuevo por su garganta hacia el cuello en V del jersey.

Sus senos ansiaban sus caricias; sus pezones, tirantes, que los succionase su boca. Thierry cerró las palmas en torno a la parte inferior de sus pechos, y antes de que se diese cuenta le había desabrochado el sujetador y estaba masajeándoselos mientras le frotaba los pezones con las yemas de los pulgares.

Mila jadeó extasiada. Le temblaban las piernas, y en la unión entre sus muslos notaba un calor húmedo y una tensión que sabía que solo Thierry podría aliviar. Al arquear las caderas hacia él, notó la presión de su miembro erecto, y quitó las manos de sus anchos hombros para deslizarlas por su pecho y tirar de la camisa para sacársela de los vaqueros.

Cuando finalmente pudo sentir su piel, suave como el satén, notó un cosquilleo en las yemas de los dedos al encontrar el vello que asomaba por encima de la cinturilla de los pantalones. Se dispuso a desabrocharle el cinturón, guiada más por el instinto y el deseo que por la experiencia, pero antes de que pudiera hacerlo, él la agarró por las muñecas y le besó primero una mano y luego otra antes de soltarlas.

Mila, que estaba temblando de deseo y se había quedado sin habla, fue incapaz de hacer ninguna objeción cuando Thierry volvió a meter las manos en su jersey para abrocharle otra vez el sujetador. Cuando terminó, la atrajo de nuevo hacia sí, abrazándola con ternura.

Así, con la cabeza apoyada en su pecho, podía oír los rápidos latidos de su corazón y también su respiración, entrecortada como la suya. Thierry la besó en la cabeza y se apartó de ella.

Durante unos segundos que se le hicieron eternos, se quedaron mirándose el uno al otro. Mila no sabía qué esperaba que hiciese o dijese. Solo sabía que no había querido que aquello terminara tan pronto, y que el deseo que estaba consumiéndola no era nada comparado con el poder que Thierry ejercía sobre ella.

Aquel beso era una demostración de lo que su relación podría haber sido si hubiese permitido que se desarrollase de manera natural. Pero en vez de eso, por su descabellado plan, ahora Thierry creía que era otra persona, distinta de quien era en realidad. ¿Cómo podía esperar que confiara en ella cuando descubriera su identidad, después de lo que había estado haciendo?

Había creído que el fin justificaba los medios, pero ahora se daba cuenta de que había estado muy equivocada. Thierry le había dicho que la fidelidad en una pareja lo era todo para él. ¿Y no era la sinceridad complementaria a la fidelidad? Reprimió un sollozo y se recordó que en ese momento no era ella, la princesa Mila, sino una cortesana, una mujer experimentada en los placeres del sexo.

Buscó apresuradamente las palabras adecuadas, que disimularan lo agitada que estaba en ese momento. Esbozó una sonrisa trémula, inspiró, y le dijo:

–Si piensas besar así a tu prometida, estoy segura de que no tendrá ninguna queja. Ha sido…

–Peligroso –la interrumpió Thierry, dando un paso atrás y pasándose una mano por el corto cabello–. Cuando estoy cerca de ti soy incapaz de controlarme. No me esperaba esto. Sé que no debería desearte como te deseo, pero no puedo evitarlo.

Capítulo Trece

Thierry había estado dando vueltas por la cabaña como un tigre inquieto, incapaz de concentrarse en nada. Angel llevaba toda la tarde en la cocina, de donde no había salido para nada, aunque después de lo ocurrido en la biblioteca no podía culparla porque estuviera evitándolo.

De la cocina salían unos olores deliciosos, pero, a pesar de que sentía curiosidad por saber qué estaba preparando, había decidido que no sería buena idea ir allí. No, no era buena idea sentarse a mirar a Angel mientras cocinaba, porque sería una estampa demasiado hogareña, que le haría ansiar aún más algo que jamás podría tener.

Ya estaba anocheciendo, y estaba sentado en el salón, mirando el fuego e intentando controlar su mal humor, que había empeorado desde aquella mañana. Movió los hombros en círculos, gruñendo al notar lo tensos que tenía los músculos, y oyó entrar a Angel.

–Hawk, ¿quieres cenar? Ya tengo la mesa lista.

–Vaya, estás hecha toda un ama de casa, ¿eh? –comentó Thierry levantándose, y deseó no haber dicho eso al ver a Angel fruncir el ceño, ofendida–. Perdona, ha sonado un poco machista, ¿no? Gracias por ocuparte de la cena.

Angel se encogió de hombros.

–Tampoco he hecho nada especial; solo he calentado un estofado de carne que había en la nevera y he calentado unos bollos de pan en el horno.

Thierry la siguió a la cocina, donde habían estado haciendo todas las comidas, porque a los dos les parecía demasiado grande y frío el comedor. Y, aunque hicieran una comida sencilla, se había fijado en que Angel siempre ponía un jarroncito con flores frescas, el mantel y las servilletas de lino, y para cenar incluso velas.

Sin embargo, esa noche, a pesar del agradable ambiente que había creado, la conversación fue bastante forzada porque la tensión de aquella mañana seguía palpable entre los dos como una barrera invisible. Cuando terminaron de comer, Angel se levantó y empezó a recoger la mesa, pero él la detuvo.

–Deja eso –le pidió.

Ella, que estaba apilando los platos, lo miró contrariada.

–Solo iba a enjuagar los platos. ¿Vas a recoger tú?

Thierry se encontró devorándola con la mirada. El sensual vestido rojo de seda que llevaba le quedaba como un guante. La parte de delante era recatada, pero con cada movimiento la fina tela insinuaba de un modo delicioso las curvas de su cuerpo. Y, cuando se dio la vuelta para llevar los platos al fregadero, vio que el vestido dejaba parte de la espalda al descubierto, y se encontró fantaseando con recorrer beso a beso cada centímetro de su columna.

–¿Hawk? –lo llamó Angel girándose.

Thierry se dio cuenta de que estaba esperando una respuesta a su pregunta.

–Sí, ya lo haré mañana –contestó impaciente, levantándose–. Ven conmigo –le dijo tendiéndole la mano–. Hay algo que quiero enseñarte.

Angel parpadeó, pero tomó su mano, confiada, y le siguió.

–¿Adónde me llevas? –le preguntó mientras cruzaban el salón.

–A mi santuario –respondió él con una sonrisa enigmática, conduciéndola por el pasillo de la izquierda.

–Eso suena intrigante.

–Muy poca gente ha estado en el lugar al que te llevo, y jamás sin mi permiso. Es un sitio donde voy cuando quiero estar a solas.

Thierry se sacó un llavero del bolsillo, abrió el enorme portón de madera al final del pasillo y descendieron por una escalera de caracol.

–¿No me llevarás a las mazmorras, verdad? –bromeó Angel.

–No –contestó él riéndose–. Es más como… un tesoro escondido.

Accionó un interruptor en la pared y se encendieron unos discretos puntos de suave luz, colocados estratégicamente por la gruta. Bajaron los escalones de piedra, y sonrió al oír a Angel exclamar maravillada cuando vio la enorme piscina natural, cuyas aguas relucían en la penumbra. Sacó un mechero del bolsillo y fue encendiendo las velas que había aquí y allá.

Angel se acercó a la orilla y se agachó para meter la mano en las oscuras aguas.

–¡Está caliente! –exclamó–. No puedo creer que te hayas construido una piscina climatizada bajo tierra.

–No es una obra hecha por manos humanas, sino

de ese gran arquitecto que es la naturaleza –respondió Thierry–. El agua viene de un manantial de aguas termales y lleva siglos aquí.

Angel miró a su alrededor, inspiró profundamente y exhaló un largo suspiro.

–Es precioso; este sitio es mágico.

–Pensé que a lo mejor te apetecía darte un baño. Es una manera estupenda de relajarse. Sobre todo después de un mal día.

–Me encantaría. Voy a subir a por un bañador…

–No hace falta; te dejaré a solas para que disfrutes del agua el tiempo que quieras.

Angel ladeó la cabeza.

–¿Y tú no tienes ganas de darte un baño? Me parece que hoy tú tampoco has tenido muy buen día.

–¿Quieres que nos bañemos juntos?

Angel asintió.

–Creo que podría ser una lección interesante, ¿no?

Más bien un tormento, pensó él.

–¿Y qué aprenderé con esta lección?

–Pues… aumentará tu disfrute de los placeres sensoriales, de la combinación de la estimulación visual y la sensación del agua acariciando tu cuerpo. No tenemos por qué tocarnos, Hawk. Tú pones los límites, y yo los respetaré.

Decía que ella los respetaría, pero… ¿podría hacerlo él también? La observó mientras se llevaba las manos a la espalda para bajar la cremallera del vestido, que fue cayendo, dejando al descubierto un sujetador semitransparente de encaje.

El miembro de Thierry se puso duro al instante. No podía haber tenido una idea más estúpida. Debería haberse marchado, haberla dejado sola, pero era como si sus pies se hubieran quedado pegados al suelo, y se encontró allí plantado, observando cómo el vestido caía a sus pies.

Se le secó la boca al recorrerla con la mirada: sus pechos voluptuosos, la fina cintura, las sensuales caderas, los muslos… Tenía un cuerpo hecho para el pecado, para el placer.

Angel se desabrochó el sujetador y se lo quitó, liberando sus magníficos pechos. Los ojos de Thierry se posaron en los pezones sonrosados, y tragó saliva al ver que estaban erectos. Apretó los puños, haciendo un esfuerzo por contenerse, y notó cómo se le tensaban los músculos de los brazos.

Estaba ardiendo por dentro. Sabía que debería irse, pero era incapaz de moverse. Se moría por tocarla, por besarla… Angel enganchó los pulgares en la cinturilla de las braguitas y se las bajó.

–¿Vas a quedarte ahí plantado? –le preguntó.

Su voz sonaba aterciopelada, sensual, pero también algo trémula, y eso sorprendió a Thierry. Debía estar más que acostumbrada a las miradas lascivas de los hombres, y sin embargo, parecía nerviosa, y había un suave rubor en sus mejillas.

–Ahora voy –dijo él, con la garganta contraída por el deseo.

–Como quieras –contestó ella, esbozando una breve sonrisa.

Se dio la vuelta, y Thierry admiró cautivado su espalda y la forma de sus nalgas. La siguió con la mirada mientras descendía por la pequeña escalinata que se adentraba en la piscina, y cómo se iba sumergiendo.

Conocía muy bien la sensación de esas aguas calientes contra la piel desnuda, cómo acariciaba, de un modo tentador, esas partes del cuerpo que normalmente ocultaba la ropa.

–Esto es divino –comentó Angel, nadando de espaldas.

Desde su llegada, Thierry había estado luchando consigo mismo, pero en ese momento, por primera vez en su vida, fue incapaz de seguir reprimiéndose, y antes de que se diera cuenta se había quitado toda la ropa. Se metió en el agua y se deslizó hasta Angel, que se había sentado en el borde de la piscina con las piernas colgando dentro del agua.

Emergió entre sus muslos, le rodeó la cintura con los brazos y tomó sus labios casi con desesperación. Angel respondió al beso y gimió suavemente mientras le rodeaba el cuello con los brazos.

Thierry exploró con la lengua cada rincón de su boca con la sensación de que jamás quedaría saciado de su sed de ella. Tomó sus pechos en las manos y los masajeó suavemente, pellizcándole de cuando en cuando los pezones, mientras el cuerpo cálido y mojado de Angel se retorcía entre gemidos contra él.

Inclinó la cabeza para tomar un pezón en su boca. Dibujó círculos en torno a él con la lengua, y cuando lo mordisqueó suavemente, Angel se estremeció.

¿Cómo había podido negarse aquellos placeres durante tanto tiempo?, se preguntó. ¿Y cómo podría parar ahora que había dado rienda suelta a su deseo? Era como si se hubiesen abierto las compuertas de una presa y el agua estuviese saliendo a raudales.

Pero esas dudas abandonaron su mente en el momento en que Angel empezó a rastrillar su cabello con los dedos, sujetándole la cabeza contra su pecho mientras él le lamía los pezones y los succionaba.

Angel arqueaba las caderas contra las suyas, restregando sus pliegues, húmedos y ardientes, contra su miembro erecto. Y, aunque no lo hubiera creído posible, se le puso aún más grande.

Deslizó las manos lentamente por su cuerpo, la agarró por las nalgas y al atraerla más hacia sí gimió de placer.

–Eres un tormento, una seductora… –murmuró contra su garganta, antes de darle un pequeño mordisco.

–Y tú eres todo lo que siempre había deseado… –suspiró Angel.

Con las manos en sus nalgas, Thierry la hizo inclinarse un poco hacia delante hasta que la punta de su pene rozó su abertura. Angel movió un poco las caderas, y su miembro se deslizó parcialmente dentro de ella, haciendo que los dos jadearan extasiados.

Thierry no podía parar. Estaba tembloroso, y la respiración entrecortada de Angel y el increíble calor que se estaba generando en el lugar donde se unían sus cuerpos lo excitaba aún más. Empujó las caderas, pero en vez de hundirse por completo dentro de ella, se topó con algo que se lo impedía. Al principio no entendía qué pasaba, pero, al volver a intentarlo y fallar, de pronto comprendió: Angel era virgen…

Capítulo Catorce

–Por favor, no pares… –lo instó Mila.

Excitada por las increíbles sensaciones que estaba experimentando, se aferró a los hombros de Thierry, clavándole las uñas en la piel, pero de pronto notó que estaba apartándose.

–¿Qué ocurre? –le preguntó.

–Eres… eres virgen –dijo Thierry, como si no pudiese creer lo que estaba diciendo.

–Pues igual que tú, ¿no?

Lo miró a los ojos, esperando una respuesta, pero Thierry seguía aturdido.

–¿No te parece que así es más dulce? –le preguntó Mila, deslizando las manos por su cuerpo y rodeándole la cintura con los brazos, para atraerlo de nuevo hacia sí.

Notaba que los músculos de su vagina se estaban acomodando a la intrusión de su miembro, y le entraron ganas de arquear las caderas para que se hundiera más en ella. Besó a Thierry, simulando con la lengua lo que quería que siguiera haciendo y le susurró:

–Tócame… Ahí abajo, con los dedos… Tócame por dentro…

Thierry hizo lo que le pedía, y Mila vio cómo se le dilataron las pupilas cuando sus dedos tocaron la parte más íntima de su cuerpo. Cuando sus nudillos le rozaron el clítoris, se le escapó un gemido ahogado.

–Sí… Justo ahí…

–¿Así? –inquirió él, repitiendo aquella caricia.

–Sí… ah… sí…

Las oleadas de placer que habían comenzado a tomar posesión de ella se intensificaban con cada caricia, y se encontró moviendo las caderas en pequeños círculos, instándolo a seguir sus movimientos con la mano. Thierry aprendía rápido, y pronto los músculos de su vagina empezaron a contraerse y distenderse, en una muda invitación a hundirse más en ella, a romper la barrera que los separaba.

Y entonces, de repente, por fin aquella barrera desapareció, y Mila se encontró cabalgando una ola de placer tan intensa que se quedó sin aliento, extendiéndose por sus extremidades. Echó la cabeza hacia atrás y cuando gritó su nombre el eco lo repitió.

Thierry movía las caderas cada vez más deprisa, haciendo que el agua los salpicase, hasta que también él alcanzó el clímax, con los músculos de la espalda completamente tensos.

–¡Angel! –gimió contra su garganta, hundiéndose una última vez en ella–. ¡Te quiero!

Se derrumbó contra ella, y permanecieron un buen rato así, abrazados el uno al otro entre jadeos.

Cuando Mila sintió que estaba apartándose de ella, le rodeó la cintura con las manos y en un tono juguetón le preguntó:

–¿Tienes prisa por ir a alguna parte?

Pero él permaneció callado, y cuando la miró, con el rostro contraído, parecía, a juzgar por su expresión, que estaba empezando a arrepentirse.

–¿Hawk? –lo llamó ella–. ¿Estás bien?

–No –replicó él con fiereza, apartándose de ella–. No estoy bien. No deberíamos haber hecho esto. He sucumbido por culpa de mi debilidad a pesar de estar prometido a otra mujer. He destruido lo que para mí era más sagrado, lo que estaba esperando a compartir con ella.

Su voz destilaba tanto desprecio por sí mismo que Mila no podía soportarlo.

–Pero… –comenzó a decirle.

–No hay peros que valgan –la cortó él con firmeza–. ¿Es que no lo comprendes? Al hacerte el amor, me he convertido justo en lo que no quería ser. ¿Cómo voy a casarme ahora con la mujer con la que estoy prometido cuando es a ti a quien amo? Si hiciera eso convertiría todo en lo que creo, todo lo que soy, en una mentira.

Mila se quedó donde estaba, aturdida y muda mientras sus palabras, cargadas de dolor, atormentadas, resonaban en el eco de la cueva. Thierry cruzó la piscina y salió del agua.

–¡Hawk! ¡Espera, por favor! –le suplicó, yendo tras él–. Yo también te quiero…

Thierry se volvió hacia ella y sacudió la cabeza.

–Eso solo empeora las cosas. Soy rey. No puedo amarte ni aceptar tu amor. Toda esta situación es imposible, y sabiendo lo que sentía por ti debería haberte dicho que te marcharas el mismo día en que llegaste aquí, pero no lo hice.

Con un gruñido de irritación, sacó un par de toallas de un armario discretamente escondido en el muro de roca. Le lanzó una a ella, y se lio la otra alrededor de la cintura.

–Mañana te irás –le dijo–. Y yo no iré a despedirte.

La mente de Mila era un hervidero de pensamientos. Era como si de repente todo estuviera yendo cuesta abajo. Había conseguido lo que se había propuesto en un principio, que Thierry la amara, pero aun así todo se estaba desmoronando. Salvo que… Salvo que Thierry no sabía quién era en realidad.

—Tenemos que hablar —le imploró, desesperada por conseguir que la escuchara.

—No. Ya hemos hablado bastante y no hay nada más que decir. La culpa de lo que ha pasado es solo mía.

—Pero es que yo…

—¡Basta! —casi rugió Thierry—. He traicionado todo aquello en lo que creía, y ahora tendré que vivir con lo que he hecho. He tomado una decisión y no voy a volverme atrás: mañana a primera hora habrá un coche esperándote.

Y antes de que Mila pudiera decir nada más, se marchó. ¿Qué había querido decir con eso de que tendría que vivir con lo que había hecho? ¿Es que pensaba cancelar la boda? ¿Lo había echado todo a perder?

Thierry andaba paseándose arriba y abajo por la biblioteca. Había sido incapaz de conciliar el sueño porque no podía dejar de imaginarse a Angel desnuda junto a él, en la cama. Su cuerpo le decía que era un idiota, que en vez de haber abandonado la gruta, dejándola allí, debería habérsela llevado allí, al dormitorio, y haber aprovechado lo que ella le había ofrecido sin reservas. Podrían haber hecho el amor hasta que se hubiesen quedado dormidos de puro cansancio. Total, si no podía recuperar su virginidad, ¿por qué perder el tiempo lamentándose, cuando podría haber estado disfrutando de su libertad antes de convertirse en un hombre casado?

Y, si hubiera sido otra clase de hombre lo habría hecho, pero no lo era. El reloj dio la media. Pronto empezaría a salir el sol, comenzaría un nuevo día… y él aún no había tomado una decisión sobre qué hacer.

Ante todo estaba su compromiso con la princesa Mila. No le faltaría al respeto ni le sería infiel como su padre había hecho con su madre, pero sabía que jamás podría amarla como merecía. No cuando su corazón pertenecía a otra mujer.

Una media hora después empezó a oír movimiento. Se había puesto en contacto con Pasquale y, aunque no ansiaba en lo más mínimo tener compañía, le había dado instrucciones de que volvieran algunos miembros del servicio. Por la ventana vio llegar un coche y detenerse frente a la casa: el coche que se llevaría a Angel lejos de allí, lejos de él, para siempre. La sola idea le desgarraba el corazón. Tener que apartarla de él era lo más difícil que había tenido que hacer jamás, pero tenía que hacerlo.

Un ruido detrás de él lo hizo volverse. Era Angel, y parecía que había dormido tan poco como él. Estaba ojerosa, y tenía la mirada sombría.

–Ya está aquí tu coche –le dijo.

–Hawk, necesito hablar contigo. Hay algo importante que debo decirte antes de irme.

Hasta su voz sonaba apagada, cansada. Deseó poder aliviar su pena; tal vez debería darle la oportunidad de hablar, dejarle decir lo que quisiera.

–Adelante; habla.

Angel inspiró.

–Sé que estás debatiéndote contigo mismo por lo que hicimos anoche –comenzó a decirle–, pero quiero que sepas que todo irá bien.

–¿Que todo irá bien? –repitió él con una risotada de incredulidad–. ¿Cómo puedes decir eso? He traicionado todo en lo que creía.

–Sé que ahora te cuesta entenderlo, pero yo te quiero, Hawk. Tienes que creerlo.

Thierry sintió que la emoción lo embargaba, pero se negó a dejar que esa emoción ahogara la racionalidad que tan desesperadamente necesitaba en ese momento.

–Eso no cambia nada –dijo con aspereza–. Eres una cortesana, y yo un rey. Peor: soy un hombre comprometido con otra mujer.

–Lo sé, y no debes dejar que lo que hemos hecho impida tu matrimonio con la princesa. Debes seguir adelante con la boda.

–¿Que debo seguir adelante? ¿Quién te crees que eres para decirme lo que tengo que hacer? –le espetó él, refugiándose en la creciente ira que se estaba apoderando de él.

Estaba furioso consigo mismo, por una situación a la que había dado pie con su debilidad.

Por un segundo le pareció ver dolor en los ojos de Angel, pero luego su expresión cambió. Se tornó menos vulnerable, como si hubiese colocado una máscara sobre su bello rostro. Irguió los hombros, levantó la barbilla, y le dijo:

–Soy la princesa Mila Angelina de Erminia.

Thierry se sintió como si le hubiese caído encima una avalancha.

–Cuidado con lo que dices, Angel –le advirtió frunciendo el ceño–. Hay leyes muy severas contra quienes tratan de suplantar a otra persona.

–No te estoy mintiendo. Ya no.

Thierry apretó los labios.

–Será mejor que te expliques.

–Estaba en la universidad, en Boston, cuando vi en las noticias que hablaban de tu visita oficial a Nueva York. Habían pasado siete años desde el día en que nos conocimos, y solo faltaban unas semanas para nuestra boda, así que no pude resistirme a intentar ponerme en contacto contigo. Cuando nos encontramos en Nueva York, no fue por casualidad… bueno, no exactamente. Había ido a tu hotel con la esperanza de poder aunque fuera charlar un rato contigo, conocernos un poco mejor antes de la boda, pero me faltó valor. Estaba a punto de irme cuando te chocaste conmigo.

–Pero no te pareces en nada a…

Thierry no se atrevió a terminar la frase. ¿Cómo le decía uno a una mujer que de adolescente no había sido nada atractiva?

–¿A cuando tenía dieciocho años? No; he crecido. Cuando nos chocamos en la calle y no me reconociste me dolió, pero luego pensé que podía ser una buena oportunidad para conocer al verdadero Thierry.

–¿Y cuando te dejé en tu hotel?, ¿por qué no me dijiste entonces quién eras?

–Yo… no lo sé –admitió ella, bajando la vista–. El día que nos conocimos, hace años, pusiste tal cara de espanto al verme, que me quedé bastante acomplejada. En cambio, en Nueva York, haciéndome pasar por una chica cualquiera, me mirabas de un modo completamente distinto, y supongo que me daba miedo que dejaras de mirarme así cuando supieses que era yo.

Thierry se sonrojó, avergonzado. No podía negar que se había quedado espantado al conocer a su prometida, pero desde ese momento, se había comprometido con ella al cien por cien con su relación… bueno, hasta la noche anterior, cuando había acabado sucumbiendo al deseo. De pronto pensó en algo que todavía no le había quedado claro.

–¿Y qué hay de Ottavia Romolo, la mujer a la que contraté? –le preguntó–. ¿También formaba parte de todo esto? ¿No irá a chantajearme con…?

–¡No! –lo interrumpió ella–. No, nada de eso.

–¿Y entonces? –insistió él.

–Ella… está… está retenida en Erminia.

–¿Retenida? –Thierry apretó los puños y frunció el ceño–. ¿Qué significa eso? ¿La tienes retenida en algún sitio contra su voluntad?

Mila dejó caer la cabeza y, aunque no contestó, era evidente que no se equivocaba.

–¿Por qué? ¿Por qué has puesto en riesgo tu reputación… y la mía de esta forma? ¿Qué te hizo llegar hasta estos extremos, hasta el punto de mentirme? ¿No te das cuenta de lo que puede pasar si esto llega a saberse?

–Sentí que no me quedaba otra salida… –replicó ella– cuando me enteré de que mi prometido había contratado los servicios de una cortesana a solo unas semanas de nuestra boda –le espetó Mila, con una chispa de ira en la mirada–. Todos estos años me he esforzado para intentar convertirme en alguien a quien pudieras desear, a quien pudieras considerar digna de ti… Y voy y me entero de que has pagado los servicios de una mujer para meterla en tu cama… –miró hacia otro lado y bajó la vista–. No podía soportarlo. Por eso ocupé su lugar y me hice pasar por ella –cuando levantó la cabeza para mirarlo, había lágrimas en sus ojos–. Yo solo quería que me amaras…

El dolor en su voz, en su rostro, en sus ojos, hizo que se le encogiera el estómago. ¿Amor? ¿Había hecho todo aquello por amor? Cerró los ojos un momento e inspiró, en un intento por calmarse. Sabía que el amor no era algo que durase, sobre todo no en el caso de personas como él. Exhaló un suspiro y le dijo:

–No… no sé qué pensar. Me siento muy confundido.

–¿Por qué? ¿No soluciona esto las cosas? Tú me quieres, tú mismo lo dijiste, y yo también te quiero a ti. Puedes dejar a un lado tu sentimiento de culpa. Soy tu prometida; no me has traicionado. Podemos dejar esto atrás –le imploró.

–¿Eso crees?

Una parte de él querría que sus vidas pudiesen ser así de simples, pero sabía que era imposible. No eran como los demás, y su vida no era normal, sino una mezcla de lo que se esperaba de ellos, de innumerables normas de protocolo y situaciones sobre las que no tenían ningún control. Y aún estaba la cuestión del rocambolesco engaño al que lo había sometido.

–¿Sabes?, no puedo evitar preguntarme, después de lo que has hecho, por qué habría de creer una sola de tus palabras. Si hasta ahora me has mentido, ¿quién sabe qué otras mentiras puede que estés intentando hacerme tragar? Tal vez mientes cuando dices que me amas. Tal vez mientas en nuestra boda, cuando prometas amarme y respetarme. No puedo evitar preguntarme cómo voy a confiar en ti –se armó de valor, y añadió–: Y me respondo a mí mismo que no puedo; no puedo confiar en ti.

Mila dejó caer los hombros, y vio en sus ojos cómo se resquebrajaba y se desvanecía la esperanza, antes de que empezaran a rodar por sus mejillas las lágrimas que había estado conteniendo. Habría querido dar un paso hacia ella, abrazarla y asegurarle que todo se arreglaría, pero era imposible. Le había dicho lo que sentía por ella, más de una vez, y le había dicho lo importante que era la sinceridad para él. Y, aun así, había seguido mintiéndole.

–Márchate –le dijo.

–¡No! ¡Hawk…!

Mila dio un paso adelante, extendiendo sus manos hacia él, implorándole con aquel gesto y con la expresión de su rostro que no la apartara de él.

Aquello fue lo más difícil y doloroso que había hecho jamás, pero le dio la espalda, y no se movió cuando la oyó salir de la biblioteca con pasos pesarosos, ni cuando oyó cerrarse la puerta tras ella. A los pocos minutos la vio a través de la ventana, saliendo de la cabaña. Vaciló un momento cuando el chófer le sostuvo la puerta del coche para que subiera, y la observó con los labios apretados, diciéndose que había hecho lo correcto, aunque por dentro se sentía como si se le estuviese desgarrando el corazón.

A lo largo del día siguiente Thierry tuvo que luchar con su conciencia, contra el impulso de ir tras Mila y llevarla de vuelta a su lado, donde sentía que debía estar.

Había tomado la decisión de que llamaría a su hermano, el rey Rocco, y pediría reunirse con él para comunicarle que quería que se pospusiera la boda, pero aún no lo había hecho.

A la mañana del segundo día tras la marcha de Mila, estaba leyendo el periódico durante el desayuno cuando vio un titular en el interior que decía que él, el heredero al trono de Sylvain, había estado con otra mujer semanas antes de su boda. Párrafo tras párrafo especulaban acerca de la identidad de la desconocida, y de como él se había deshonrado a ojos de sus súbditos, faltando a su compromiso con la princesa de Erminia.

El estómago se le revolvió al leer todo aquello. A pesar de todas las precauciones que había tomado, de algún modo los medios lo habían descubierto. Aquella era la peor de sus pesadillas, un escándalo de proporciones monumentales. El artículo incluía varias fotografías tomadas con teleobjetivo desde algún punto del bosque en las que se los veía a Mila y a él paseando juntos a caballos, de picnic y besándose. Se levantó de la mesa, enfadado, y fue a hacer la maleta para abandonar la cabaña, que había dejado de ser su santuario. Cuando su equipo de seguridad averiguara quién había avisado a los medios, lo pagaría muy caro.

Justo cuando iba subirse al coche que lo llevaría de regreso a la dura realidad de su mundo, en medio, sin duda, de las críticas de su pueblo, apareció Pasquale con otro periódico que acababa de llegar. A Thierry se le erizó la piel al leer el titular de la página que estaba mostrándole: «¡Se desvela que la princesa Mila era la cortesana del rey!».

¿Habría orquestado ella esa noticia, en un intento

por obligarlo a seguir adelante con la boda? ¿Acaso pensaba que su temor a ser desprestigiado públicamente haría que dejase a un lado su enfado porque lo hubiese engañado?

Si era eso lo que pensaba, estaba muy equivocada. Dio media vuelta, entró de nuevo en la cabaña y fue a su estudio donde, por una línea segura, hizo una llamada.

–Rey Rocco –dijo cuando este se puso al aparto–. Lamento informaros de que no puedo seguir adelante con los planes de matrimonio con vuestra hermana. La boda queda cancelada.

Capítulo Quince

Mila se paseaba arriba y abajo por su dormitorio, llena de frustración. En el instante en que había cruzado la frontera, y había visto aparecer al general Andrej Novak, el mando supremo de las Fuerzas Armadas de Erminia, seguido de un guardia de palacio, había sabido que había sido descubierta su estratagema.

La habían llevado de vuelta a palacio, y desde ese momento había estado confinada en sus aposentos. No se le permitía hacer ni recibir llamadas, le habían confiscado el portátil, se habían llevado el televisor...

Empezaba a ver de un modo diferente cómo debía haberse sentido Ottavia Romolo durante su secuestro. Aunque según había sabido su cautiverio solo había durado unos días, porque parecía que había conseguido escapar y había informado a su hermano de lo que había planeado. Por eso se había encontrado con aquel «comité de bienvenida» en la frontera.

Mila detestaba esperar, y detestaba no saber qué pasaría cuando la llevasen ante su hermano, pero sobre todo tenía miedo de haber destruido cualquier posibilidad que pudiera tener de ser feliz junto a Thierry. Había sido una idiota.

Debería haber esperado a que estuviesen casados, haber dejado que su relación se desarrollase como lo habría hecho en circunstancias normales. Debería haber confiado en Thierry, aun cuando se había enterado de que había contratado a una cortesana. Debería haber confiado en él, haber creído que jamás haría nada que deshonrara su compromiso con ella.

Y ahí estaba el problema: no había confiado en él y, dejándose llevar por su inseguridad, había organizado aquel plan descabellado, mintiéndole deliberadamente. Por eso, ocurriera lo que ocurriera, sabía que se lo merecía.

Llamaron a la puerta y entró el general Novak.

—Alteza, acompañadme, por favor.

Sin decir nada, y llena de inquietud, lo siguió. Cuando llegaron al despacho de su hermano, el general llamó a la puerta y se la abrió para que pasara.

Mila entró y se inclinó, haciendo una marcada reverencia, y se quedó esperando, como indicaba el protocolo de la corte, a que Rocco le diera permiso para erguirse de nuevo.

—Qué bien que hayas vuelto a casa… —dijo su hermano, sentado tras su escritorio, en un tono gélido—. Levántate, Mila; es tarde para muestras de respeto después de cómo me has abochornado.

Mila se irguió y lo miró, buscando en su rostro algo de compasión, pero no la encontró. Sus ojos relampagueaban de ira, y tenía los labios apretados.

—¿Tienes la menor idea de lo que has hecho? —la increpó. Al ver que permanecía callada, añadió—: Tu impulsividad ha destruido cualquier posibilidad de una unión entre Erminia y Sylvain. El rey Thierry ha cancelado la boda.

Mila sintió una punzada en el pecho.

—¡No! —exclamó aturdida.

Le temblaban las piernas de tal modo que tuvo que agarrarse al respaldo de la silla que tenía a su lado.

—Ahora es imposible que nuestras naciones alcancen una paz estable —sentenció Rocco, levantándose y volviéndose hacia el ventanal.

—Pero… estamos en el siglo XXI —replicó ella—. Tiene que haber algo que podamos hacer.

—¿Hacer? —repitió su hermano, volviéndose hacia ella. Sacudió la cabeza y añadió—: Ya has hecho bastante: has abierto una brecha en nuestra seguridad. Había esperado que tu matrimonio nos diera la suficiente estabilidad como para que el problema se volviese irrelevante y no tuvieses que saberlo, pero…

—¿Saber el qué? —inquirió ella, frunciendo el ceño—. ¿Qué has estado ocultándome, y por qué?

—Antes de tu compromiso me informaron de ciertos rumores acerca de una amenaza contra mí que también podría repercutir en ti. Hemos tomado las medidas necesarias para erradicar ese riesgo, y creíamos que lo teníamos bajo control, pero antes de que regresaras esa amenaza se ha convertido en un peligro real.

El miedo hizo que a Mila se le secase la garganta.

—¿A qué te refieres?, ¿qué clase de amenaza?

—Al principio pensamos que podría tratarse de un ataque directo contra mí, pero parece que el auténtico objetivo es poner en cuestión mi derecho a ocupar el trono.

—¿Cómo? Pero si eres el primogénito, y el único hijo varón de nuestro padre.

—Soy el primogénito, y el único hijo varón legítimo de nuestro padre —la corrigió Rocco.

Mila se quedó paralizada.

—¿Tuvo… otro hijo?

Estaba tan agitada que ya no podía mantenerse en pie, y se dejó caer en la silla.

–Eso parece.

–¿Quién?

–Ese es el problema, que aún no lo sé. Pero lo averiguaré –dijo Rocco con decisión.

–Pero, aunque sea así y nuestro padre tuviera otro hijo, si es un hijo ilegítimo no puede reclamar el trono.

Rocco soltó una risa amarga.

–Eso creía yo también. Pero según parece hay una antigua ley, que aún está en vigencia, según la cual, a menos que haya contraído matrimonio antes de los treinta y cinco años y tenga un heredero legítimo, no podré seguir siendo rey.

–Bueno, eso tiene fácil solución, ¿no? No tienes más que casarte y tener un hijo. O conseguir que se revoque esa ley.

–Ya están preparándome una lista de posibles candidatas a convertirse en mi consorte –le explicó su hermano–, pero es esencial que actuemos con rapidez, así que, entretanto, estamos intentando que el parlamento revoque la ley. Sin embargo, esto ha generado toda una serie de nuevos problemas: ese otro aspirante al trono tiene sus partidarios, y parece que han estado avivando calladamente las llamas de la subversión.

–Dios mío… –murmuró Mila–. ¿Y qué vas a hacer?

–Seguir intentando desenmascarar a quien está detrás de esto antes de que sea demasiado tarde y acabe desatándose una guerra civil. Entretanto, necesitamos a todos los aliados que podamos conseguir, y por eso contaba con que tu boda con el rey de Sylvain, ahora cancelada, pudiera ayudarnos.

–Yo… Yo… –Mila estaba temblando y no sabía qué decir. De nada serviría una disculpa en ese momento–. ¿Hay algo que yo pueda hacer?

Su hermano rodeó la mesa, se acuclilló frente a ella y tomó sus manos.

–Necesito que vuelvas a Sylvain y hagas que el rey Thierry cambie de opinión. Puede que tu enlace con él sea lo único que podría salvar a Erminia.

A través de la ventanilla del helicóptero Mila observaba el paisaje nocturno mientras dejaban atrás la frontera iluminada de Erminia. Más allá se extendía Sylvain, donde le esperaba la que sería sin duda la tarea más difícil de su vida. ¿Cómo se convencía a un hombre, cuya confianza habías traicionado, de que te diera otra oportunidad?

–Aterrizaremos dentro unos minutos, alteza –oyó anunciar al piloto por los auriculares.

Esas palabras aliviaron a Mila, a quien siempre le había dado miedo volar.

–Gracias.

Cuando poco después empezaron a descender, el estómago le dio un vuelco.

–¿Estáis bien, alteza? –le preguntó el general Novak, que iba sentado a su lado.

Mila, que se había aferrado al reposabrazos de su asiento, giró la cabeza hacia él y asintió.

El general era un hombre joven, que aún no había cumplido los cuarenta, pero a ella siempre le había parecido muy serio, y su expresión severa la incomodaba.

No entendía por qué su hermano había insistido en

que la acompañara. Sobre todo teniendo en cuenta que era una reunión que pretendían que se llevase a cabo con la mayor discreción posible. Esperaba que al menos la dejase a solas con Thierry para que pudieran hablar.

Cuando por fin aterrizaron en el helipuerto del palacio de Sylvain, había un coche esperando. El general salió del aparato y la ayudó a bajar. Un hombre salió del vehículo y fue hacia ellos. Le hizo una reverencia a Mila y se presentó:

–Soy Pasquale de Luca, alteza, el secretario de su majestad el rey Thierry. Por favor, acompañadme.

–Gracias, señor De Luca.

Cuando el general Novak hizo ademán de ir con ellos, el secretario se detuvo abruptamente.

–Lo siento, general, pero su majestad me ha dado instrucciones precisas: solo la princesa puede subir al coche.

–Y las instrucciones que me dio a mí nuestro rey también fueron muy precisas –respondió Novak–: soy responsable de la princesa.

–Lo siento, pero su majestad solo verá a la princesa –insistió Pasquale.

–No pasa nada, general –dijo Mila, poniéndole una mano en el hombro a Novak–. Estaré bien.

El militar se quedó mirándola con el ceño fruncido antes de asentir brevemente y dar un paso atrás.

–Como deseéis, alteza.

Era evidente que no le hacía mucha gracia dejarla ir sola, pero Mila se sintió aliviada de que hubiese claudicado.

–Lléveme con su rey, señor De Luca –le pidió a Pasquale.

Cuando llegaron al coche, el secretario abrió la puerta trasera y la sostuvo para que entrara. Mila le dio las gracias con una sonrisa y subió al coche, pero como el interior del vehículo estaba en penumbra, no fue hasta que la puerta se cerró tras ella y se pusieron en marcha cuando se dio cuenta de que no estaba sola.

–¡Thierry! –exclamó sobresaltada al verlo.

–Querías verme –le dijo él–. Y aquí estoy.

No había la menor calidez en su voz, y su mirada era fría como el acero.

–Esperaba que tuviéramos esta reunión en palacio –respondió ella, alisando nerviosa la falda del vestido.

–No tienes derecho a esperar nada de mí.

–Lo sé –murmuró ella–. Lo siento; siento muchísimo lo que hice. ¿Podrás perdonarme? ¿Querrás darme… darnos otra oportunidad?

Thierry fijó la mirada en el cristal tintado que los separaba del chófer para darles más privacidad.

–¿Otra oportunidad, dices? No, yo no creo en las segundas oportunidades.

–Pero yo te quiero, y sé que tú me quieres a mí. Me dijiste que me querías. ¿Acaso me mentiste?

–No, no te mentí, pero solo con el amor no basta. Sabes, por las confidencias que te hice, qué es lo más importante para mí. ¿Lo recuerdas?

Mila tragó saliva.

–La sinceridad y la confianza –murmuró.

–Sí, la sinceridad y la confianza. Yo confiaba en ti, pero tu no fuiste sincera conmigo, a pesar de que tuviste sobradas ocasiones para contarme la verdad –le dijo Thierry, volviéndose hacia ella.

Mila no sabía cómo contestar a eso.

–Por nuestra posición, ninguno de los dos tuvimos una infancia ni una adolescencia fáciles. Y no hemos tenido en nuestros padres un ejemplo de lo que es el amor, pero es algo que los dos valoramos por encima de todo lo demás. Yo haría cualquier cosa por amor, y lo hice. Desde el día en que nos conocimos supe que me había enamorado de ti, pero me veía fea, torpe, no sabía nada del mundo… Creía que jamás podrías amar a alguien como yo, y por eso me pasé siete años intentando mejorar, convertirme en alguien de quien tú también pudieras llegar a enamorarte. Y cuando me enteré de que habías contratado a esa mujer se me partió el corazón. Yo… me había esforzado tanto… y pensé que tú habías decidido buscar en otra mujer lo que creías que yo no podría darte. Sé que lo que hice no estuvo bien, que fue estúpido, y hasta imprudente, pero volvería a hacerlo –alargó el brazo y puso su mano sobre la de él–. Quería llegar a tu corazón y comprenderte, no quería que nuestra unión fuese solo algo de cara a la galería. Quería un marido que me amara y que quisiera estar junto a mí. Me siento fatal por haberte engañado, pero mentiría si dijera que lamento esos días que pasamos juntos. Lo eres todo para mí. Por favor… créeme.

Por un momento creyó que podría haber resquebrajado la coraza de fría indiferencia de Thierry, pero cuando él apartó su mano, comprendió que no.

–No te creo. ¿Sabes qué lamento yo? Lamento haber confiado en alguien capaz de hacer lo que sea para conseguir lo que quiere, alguien a quien no le importan las consecuencias. Eres igual que mi madre.

Mila sintió cada palabra como un hachazo.

–Durante los últimos siete años solo ha habido una

mujer en mi vida: tú –continuó Thierry–. No sabía nada de ti, pero estaba dispuesto a esforzarme por conocerte cuando nos casáramos. Quería descubrir qué cosas te hacían feliz y cuáles te ponían triste. Qué cosas te daban esperanzas y qué cosas te enfadaban. Qué cosas te divertían y cuáles te aburrían. Quería compartir mi vida contigo, pero no me imagino cómo podría hacerlo ahora que has destruido con tus mentiras cualquier futuro que hubiéramos podido tener juntos. Sencillamente no puedo casarme con una mujer en la que no confío.

Thierry se inclinó hacia delante y pulsó el botón del intercomunicador.

–Llévenos de vuelta al helipuerto –le dijo al chófer–. La princesa está lista para volver a Erminia.

–No, por favor… –le pidió Mila con voz trémula–. Te lo ruego, reconsidera tu decisión. Podemos retrasar la boda. Tómate todo el tiempo que necesites hasta que sientas que puedes volver a confiar en mí. Dame otra oportunidad, por favor.

–No voy a cambiar de opinión –contestó él con aspereza, cuando el coche se detuvo en el helipuerto.

Mila se quedó mirándolo con el corazón en un puño.

–¿Tanto te cuesta perdonarme?

Se abrió la puerta del coche y Pasquale le ofreció la mano para ayudarla a bajar. Mila estaba esperando una respuesta de Thierry, pero este permaneció callado y con la vista al frente. Mila contuvo a duras penas las lágrimas. Tendría que ir a ver a su hermano y decirle que les había fallado a él y a su pueblo.

Volar de noche era preferible a hacerlo de día, pensó Mila cuando volvieron a subir al helicóptero y se elevaron. En la oscuridad no podía apreciarse la altitud.

Cuando solo unos minutos después notó que estaban descendiendo, giró la cabeza, extrañada, hacia el general Novak y le dijo:

–Da la impresión de que estuviéramos aproximándonos al suelo, pero es imposible que estemos ya en Erminia. ¿Ocurrirá algo?

–Tal vez por algún motivo el piloto haya decidido volar más bajo –contestó Novak, despreocupado.

Mila miró por la ventanilla. No, estaban descendiendo a tierra. Pero… ¿dónde estaban? En la oscuridad era imposible distinguir ningún punto de referencia en el paisaje. En cuanto aterrizaron, el piloto se bajó y el general hizo otro tanto. Mila se quedó en su asiento, preguntándose qué estaba pasando. Por la ventanilla observó a los dos hombres hablando, y luego, para su espanto, vio que el piloto sacaba una pistola y apuntaba al general. A continuación se oyó un disparo, y Mila gritó al ver a Novak caer al suelo.

El piloto fue hasta el helicóptero y abrió la puerta.

–Venga conmigo –le ordenó, apuntándola con la pistola.

Horrorizada, Mila obedeció.

–¿A qué viene todo esto? –le preguntó temblorosa.

–¡Silencio! –le gritó el hombre. Y, agarrándola por el hombro, la empujó delante de él–. ¡Camine! Y no haga ninguna estupidez, alteza –le dijo burlón–, porque no dudaré en despacharla como al general.

Se oyó el rugido de un motor, y de la oscuridad salió un todoterreno negro, del que saltaron varios hombres antes de que se detuviera por completo. Todos iban armados. ¿Qué iban a hacerle?, se preguntó Mila aterrorizada.

Capítulo Dieciséis

–¿Cómo que la princesa no regresó a Erminia? –exclamó Thierry frunciendo el ceño–. Vimos el helicóptero despegar con nuestros propios ojos.

–Lo sé, majestad –contestó Pasquale–, pero parece que se desviaron antes de llegar a su destino. La princesa ha sido secuestrada y nadie sabe dónde la han llevado.

–¿Y el piloto y su escolta?, ¿qué ha sido de ellos?

–Su escolta era el general Novak. Le dispararon, pero parece que logró escapar. Las informaciones que nos han llegado dicen que cuando recobró el conocimiento vio que se habían llevado a la princesa y habían dejado abandonado el helicóptero. Regresó al palacio pilotándolo él mismo.

Thierry se pasó una mano por el cabello y se puso a andar arriba y abajo. Aquello era culpa suya; no tenía que haberla echado de allí de malos modos, como había hecho. Si se hubiera mostrado más dispuesto a escucharla, a darle la segunda oportunidad que le había suplicado… nada de aquello habría pasado.

–¿Y qué se está haciendo por encontrarla? –le preguntó a Pasquale.

–El rey Rocco ha enviado a hombres de su ejército en su busca. El general no fue capaz de darles una descripción precisa del lugar donde la habían secuestrado.

Durante el vuelo de regreso estaba luchando por mantenerse consciente y parece que no recuerda demasiado.

–Pero consiguió llegar a palacio.

–Eso parece, majestad.

Allí había algo que no le cuadraba, pero no sabría
decir qué era.

–¿Y en qué estado se encuentra el general Novak?
–inquirió.

–Recibió un disparo a bocajarro, majestad –le infor-
mó Pasquale–. Había perdido mucha sangre y tuvieron
que hacerle una transfusión y extraerle quirúrgicamen-
te la bala.

Entonces no podía haber tomado parte en el secuestro, pensó Thierry. Estaba seguro de que el hermano
de Mila se aseguraría de que lo interrogaran a fondo
cuando se le pasaran los efectos de la anestesia, pero él
no podía quedarse de brazos cruzados.

Cuando Mila le había pedido que la recibiera había
accedido, pero, consumido como había estado por la ira,
no había mostrado auténtica voluntad de escucharla.

Se había enfadado cuando le había revelado su
identidad porque a ningún hombre le gustaba que lo to-
maran por tonto, pero la verdad era que, poniéndose la
mano en el corazón, tampoco había sido para tanto. Sí,
le había abierto su corazón y había compartido con ella
sus más profundos temores y sus secretos, pero… ¿y si
en vez de ser ella hubiese sido de verdad la cortesana a
la que había contratado? ¿No se habría arrepentido mucho más de compartir detalles tan íntimos, cuando solo
debería haberlos compartido con su prometida?

En vez de eso, gracias a la estratagema de Mila había sido con ella, con la mujer con la que iba a casarse

y de quien se había enamorado, con quien los había compartido.

Se había comportado como un idiota. No se merecía su amor. Mila había hecho lo que había hecho por los dos, por amor, y él lo había tirado todo por la borda. Tenía que recuperarla…

—Debo encontrarla, Pasquale. Trae al líder táctico de nuestras fuerzas especiales; inmediatamente.

—En realidad, majestad, el capitán ya viene hacia aquí.

Thierry lo miró sorprendido.

—¿Ya?

—Sabiendo lo que sentís por la princesa, pensé que querríais verle para trazar un plan, majestad.

—¿Cómo me conoces tan bien, Pasquale?

Su secretario esbozó una breve sonrisa.

—Es mi trabajo, majestad.

—Gracias, amigo.

Mila llevaba allí cinco días, y aquella reclusión la estaba volviendo loca. La habitación en la que la habían encerrado no tenía más que un camastro con un colchón viejo y una manta de lana y una silla de madera. Y aun así, pensó, debería agradecer aquellas pequeñas muestras de compasión que sus captores habían tenido con ella. Peor habría sido tener que dormir en el frío suelo de piedra.

Por la aspillera, la larga y estrecha abertura vertical en el muro, del tipo de las que en la Edad Media se usaban para lanzar flechas a los atacantes, había deducido que se encontraba en una vieja fortaleza abandonada, probablemente en algún punto de la frontera de Erminia. La frontera estaba salpicada de aquellas fortalezas medievales. La mayor parte de ellas se hallaban en ruinas, pero a juzgar por las bisagras y los cerrojos de la puerta de aquella habitación, parecía que aquella había sido al menos parcialmente rehabilitada.

En su celda, porque no podía llamarse de otra manera, ni siquiera tenía un lavabo o un inodoro, y la obligaban a hacer sus necesidades en un orinal que tenía que entregar, al terminar, a un guardia taciturno que también le llevaba la comida, cada vez más escasa.

La noche que la habían llevado allí, uno de sus captores le había explicado por qué la habían secuestrado, y la había dejado completamente aturdida. Le había dicho que era miembro de un movimiento cuyo propósito era aumentar las tensiones entre Erminia y Sylvain.

Parecía que la amenaza de una guerra potencial entre ambas naciones era un gran negocio, y había varias partes implicadas en aquel complot, incluido el supuesto hijo ilegítimo de su padre, que pretendía arrebatarle el trono a su hermano, y que había puesto sus condiciones: debían retenerla allí hasta que Rocco abdicara voluntariamente a su favor. Si se negaba ya no les sería de ninguna utilidad, lo que le había dejado muy claro que su vida pendía de un hilo.

No quería que su hermano abdicara. A pesar de sus diferencias, Rocco era un buen rey y un gran hombre. Se sentía fatal de solo pensar que estaba causándole aún más estrés y preocupaciones con todo lo que ya tenía sobre sus hombros, pero tampoco quería morir.

Era de noche, y el aire frío y húmedo que se colaba por la aspillera traía olor a tormenta inminente. Pensó en Thierry, en su último encuentro. No quería morir allí sin volver a verlo. Volvió al estrecho camastro y se acurrucó bajo la fina manta.

Cerró los ojos y se puso a rememorar la semana idílica que había pasado con él en las montañas. Pronto sintió que estaba quedándose dormida. Se sentía tan débil, tan cansada… El ruido de la puerta al abrirse, seguida de un murmullo de voces masculinas, la arrancó del sueño.

–¡Está aquí! –siseó uno de los hombres.

–¡Mila!, ¿estás bien? Despierta… –le susurró una voz familiar al oído.

¿Thierry? No, era imposible, se dijo, haciéndose un ovillo bajo la manta. Tenía que ser un sueño. O quizá la sed y el hambre que arrastraba por las míseras raciones de comida y agua estaban provocándole alucinaciones.

–¡Mila!, ¡despierta! –siseó la voz, un poco más fuerte.

Una mano fuerte se cerró sobre su hombro y la zarandeó. Abrió los ojos, pero en la penumbra era casi imposible ver quién era. Solo podía distinguir la silueta de un hombre, todo vestido de negro y con un pasamontañas, cerniéndose sobre ella. ¿Es que iban a matarla?

Iba a chillar, pero el hombre le tapó la boca con la mano y se quitó el pasamontañas. ¡Thierry! ¡Era Thierry! Thierry estaba allí… No, no podía ser real…

–¿Te han hecho daño? ¿Estás herida? –le preguntó en voz baja.

Ella sacudió la cabeza, y la aparición le quitó la mano de la boca y se inclinó para besarla en los labios. Aquel beso disipó sus dudas: era él.

–¿Puedes andar? –inquirió Thierry en un siseo.

Ella asintió, ya despierta del todo.

–Esa es mi chica –murmuró él con una sonrisa–. Venga, vamos a sacarte de aquí.

Lo que ocurrió a continuación se sucedió tan deprisa que después solo recordaría que iba flanqueada por un grupo de hombres armados y vestidos de negro, y el fuerte brazo de Thierry en torno a su cintura mientras la conducían a través de un pasadizo hasta que llegaron al exterior.

La operación completa, desde la fortaleza hasta el bosque que la rodeaba, no debió llevar más de diez minutos, pero Mila estaba temblando de miedo y alivio cuando dejaron de correr al llegar a lo más profundo de la espesura.

No alcanzaba a entender cómo podía ser que nadie hubiera intentado detenerlos en su escapada en ningún momento. No había habido disparos ni explosiones. Todo se había hecho con el mayor sigilo, y quizá precisamente por eso la experiencia había sido aún más surrealista.

–Toma –dijo Thierry, quitándose la chaqueta de forro polar que llevaba y ayudándola a ponérsela–. Está helada.

–¿Y ahora qué? –le preguntó Mila, a quien le castañeteaban los dientes.

–Ahora te llevaremos a casa.

De pronto se oyó un ulular, como de un ave nocturna.

–Esa es nuestra señal –le dijo Thierry–. Nuestro vehículo nos espera a un kilómetro de aquí. ¿Crees que podrás recorrer esa distancia?

–¿Tú vendrás conmigo?

–Por supuesto.

–Entonces sí. Contigo a mi lado puedo hacer cualquier cosa –contestó ella con sencillez.

Él se quedó mirándola, como si quisiera decirle algo más, pero uno de sus hombres le indicó con un gesto que tenían que irse ya.

–Hay cosas de las que quiero que hablemos –le dijo Thierry–, pero eso tendrá que esperar. Primero te pondremos a salvo –añadió muy serio, rodeándola de nuevo con el brazo.

A Mila se le hizo eterno ese último trecho, pero finalmente salieron del bosque y subieron a dos vehículos blindados que estaban esperándolos.

Estaba tan agotada que no podía ni hablar cuando Thierry la levantó en volandas y la metió en el coche.

–Avisad a palacio por radio –le dijo a uno de sus hombres–. Aseguraos de que tienen preparado un equipo médico para examinar a la princesa, e informad al rey Rocco de que la tenemos y la llevamos a casa.

–No, Thierry… –intentó protestar Mila, pero apenas tenía fuerzas para articular las palabras.

No quería irse a casa; quería estar con él.

Thierry se subió al coche con ella, y cuando la hizo recostarse sobre su regazo, el cansancio la venció, y pronto se quedó dormida.

Capítulo Diecisiete

Thierry observaba a Mila, que dormitaba en la enfermería del castillo. Su cautiverio la había dejado muy débil y se la veía agotada, pero el médico que la había examinado había dicho que tenía buena salud, teniendo en cuenta por lo que había pasado.

–¿Aún está dormida? –le preguntó Rocco, que acababa de entrar en ese momento.

Thierry, sin quitarle los ojos de encima a Mila, asintió con la cabeza.

–¿Pero no le quedarán secuelas?

–El médico ha dicho que no –respondió Thierry.

Rocco se sentó en una silla al otro lado de la cama.

–No sé cómo darte las gracias por…

–Entonces no lo hagas –lo cortó Thierry–. Hice lo que había que hacer. Lo que tú habrías hecho si la hubieseis encontrado antes que nosotros.

Había habido varios equipos buscando en distintas localizaciones posibles. El de Thierry simplemente había tenido la suerte de haber buscado en el lugar correcto.

Rocco asintió.

–Me han dicho que la fortaleza estaba vacía cuando mis soldados entraron. Sus raptores debieron marcharse cuando se dieron cuenta de que os la habíais llevado. Parece que había un túnel bajo la fortaleza que no figuraba en los planos. Suponemos que escaparían por allí.

–¿Decepcionado porque mis hombres no pudieran detener a los secuestradores?

–No, claro que no –le aseguró Rocco–. Si lo hubieran intentado Mila podría haber resultado herida… o muerta. Hiciste lo correcto al insistir en que la operación se llevase a cabo con sigilo para no alertar a los secuestradores. Pero acabaremos atrapándolos, y serán juzgados por lo que han hecho.

Thierry asintió, y se quedaron en silencio, observando a la joven a la que ambos tanto querían. Cuando finalmente Rocco se levantó para marcharse, se detuvo un momento al pasar junto a Thierry y le puso una mano en el hombro.

–Su corazón te pertenece, amigo mío –le dijo–. Cuida bien de ella.

–Es lo que pretendo hacer durante el resto de mi vida, si ella me deja –contestó Thierry.

Rocco asintió y se marchó, cerrando la puerta tras de sí sin hacer ruido, y al poco rato Mila comenzó a despertarse y abrió lentamente los ojos.

–Estás despierta –dijo Thierry. Le sirvió un vaso de agua fresca–. Toma, bébetelo. Órdenes del médico.

Mila se incorporó trabajosamente y lo tomó. Un sentimiento protector invadió a Thierry cuando vio cómo le temblaba la mano mientras bebía. Cuando hubo apurado el vaso se lo devolvió, y él lo dejó en la mesilla.

Mila miró a su alrededor, visiblemente confundida.

–¿Estoy en casa? –inquirió con voz algo ronca, rehuyendo su mirada.

Thierry asintió.

–Sí. Tu hermano pensó que lo mejor sería traerte de vuelta a Erminia.

Mila levantó la vista hacia él.

–No fue un sueño, ¿verdad? Estabas allí… en la fortaleza.

Thierry asintió de nuevo.

–Con un equipo de élite de las fuerzas especiales de mi país.

La explicación de cómo sus hombres habían recurrido a todas las fuentes legales –y otras no tan legales– para averiguar dónde había aterrizado el helicóptero y dónde la habían tenido retenida podía esperar a otro momento, se dijo.

Mila volvió a recostarse contra los almohadones y cerró los ojos.

–Gracias… por rescatarme –murmuró en un hilo de voz.

–No tienes que darme las gracias –le dijo Thierry–. Me siento responsable de lo que te ha ocurrido. Si me hubiera comportado como un adulto, en vez de como un niño malcriado con una pataleta que no atiende a razones, jamás habría pasado lo que ha pasado.

Mila, aún con los ojos cerrados, sacudió la cabeza y replicó:

–No debes culparte. No podrías haber hecho nada para detener a esos hombres.

–Si no te hubiese dejado marchar…

Mila volvió a abrir los ojos.

–Thierry, ¿a qué has venido? –le preguntó en un tono cansado.

–A pedirte que me perdones.

–¿Que te perdone? ¿Por qué?

–Por haberte tratado de un modo tan despreciable. Por no haberte escuchado. Por no haber aceptado tu amor cuando me lo ofreciste libremente con un corazón tan puro. Por compararte con mi madre y creer que eras igual que ella.

–Vaya, es una lista muy larga –murmuró Mila–. Pero sigo creyendo que por mi parte no hay nada que perdonar. Fui yo quien te mintió, quien te engañó… Incluso orquesté el secuestro de una mujer inocente para conseguir lo que pretendía. No soy precisamente un dechado de virtudes.

–Pero lo que hiciste lo hiciste por amor, porque estabas decidida a darnos a los dos la posibilidad de conocernos y aprender a querernos –respondió él calmadamente. Mila lo miraba sorprendida, como si no pudiera creer lo que estaba oyendo–. Cuando me enteré de que te habían secuestrado me di cuenta de que me había comportado contigo como un estúpido orgulloso, y de lo vacía que se quedaría mi vida sin ti –tomó sus manos, se las llevó a los labios y le besó los nudillos–. Te quiero, ángel mío, y espero que puedas darme otra oportunidad. Te prometo que me esforzaré por hacerte feliz.

Los ojos de Mila se habían llenado de lágrimas, que comenzaron a rodar por sus mejillas.

–¿Todavía me quieres?

–Jamás he dejado de quererte. Y precisamente eso hacía que mi enfado se me hiciera aún más difícil de soportar. Detestaba cada segundo que pasaba lejos de ti, pero me sentía herido en mi orgullo, y eso me impedía confiar en ti. Te quiero, Mila, y quiero que seas mi esposa, mi consorte, y que reines en Sylvain a mi lado. ¿Te casarás conmigo, Angel?

–Imaginar un futuro sin ti era una auténtica tortura, como un agujero negro sin fondo de soledad y desesperanza –le confesó Mila–. Sí, Hawk, me casaré contigo. Nada me haría más feliz.

Mila se levantó del asiento, y permitió que su hermano la ayudara a bajarse del carruaje, ricamente adornado, y le dirigió una sonrisa que le salió del corazón.

–Estás preciosa, hermanita –le dijo Rocco.

–Me siento preciosa –dijo ella–. ¿Cómo podría no sentirme así cuando soy la mujer más feliz del mundo?

–Te mereces toda esa felicidad –murmuró su hermano.

Mila se agarró a su brazo, y comenzaron a subir juntos la escalinata de la enorme catedral de Sylvain, decorada con una alfombra roja. A su alrededor se oían los vítores de las miles de personas que se agolpaban en las calles a ambos lados del templo y que portaban pequeñas banderas tanto de Erminia como de Sylvain.

–Tu también te mereces ser feliz, hermano –le dijo Mila, mirándolo preocupada, cuando se detuvieron a las puertas de la catedral.

–Tal vez llegaré a serlo algún día.

Mila deseó con todo corazón que así fuera, que un día llegara a experimentar el mismo amor que Thierry y ella sentían el uno por el otro. Rocco necesitaba encontrar a una mujer con la que pudiese contar, que lo respaldase y estuviese siempre a su lado.

Desde el instante en el que cruzaron las puertas de la catedral sus ojos se encontraron con los de Thierry y ya no se separaron. Y en el momento en que lo vio, tan guapo y tan alto con su uniforme militar de gala, sintió que el corazón le iba a estallar de orgullo.

La música del órgano inundó la catedral, ascendiendo hasta el techo, mientras su hermano y ella avanzaban por la alfombra roja. A su alrededor los asistentes se volvían para mirarla y murmuraban entre ellos comentarios de admiración.

Cuando Rocco la dejó junto a Thierry y fue a sentarse para que la ceremonia diera comienzo, Mila miró a su prometido y sonrió, como él, rebosante de felicidad.

Su amiga Sally, que estaba sentada también en el primer banco, se levantó para tomar su ramo y le siseó:

–¡Te lo dije!, ¡como un cuento de hadas!

Mila sonrió y le respondió:

–Tengo la sensación de que lo será toda mi vida.

Y comenzó la ceremonia, en la que Thierry y ella pronunciaron los votos que los ligaban el uno al otro hasta que la muerte los separase.

El resto del día pasó en un abrir y cerrar de ojos, en medio de la pompa y la ceremonia propia de una boda real, y Mila, a pesar de que estaba disfrutando celebrando con todos su felicidad, estaba impaciente por volver a tener a Thierry para ella sola.

Por eso, después del suntuoso banquete y del baile, se sintió inmensamente agradecida a Sally cuando se la llevó para que pudiera cambiarse para partir en su viaje de luna de miel. En los aposentos de palacio donde la habían alojado, se apresuró a cambiarse de ropa.

–Más despacio. Si no tienes cuidado acabarás haciéndole un jirón al vestido. Tampoco le pasará nada a Thierry porque le hagas esperar un poco.

–A él puede que no, ¡pero yo no puedo esperar más! –exclamó Mila riéndose mientras se quitaba la última enagua que llevaba debajo del vestido de novia.

–Me alegro tanto por ti… –murmuró Sally mientras la ayudaba con el elegante vestido que iba a llevar en el viaje–. Te merecías este «felices por siempre jamás».

–Gracias. Ojalá todo el mundo pudiera ser tan feliz como lo soy yo ahora mismo.

Y así era, se sentía feliz, increíblemente feliz. La única nube negra en el horizonte era la amenaza que aún pesaba sobre el derecho de Rocco al trono, pero no había nada que ella pudiera hacer al respecto, así que se obligó a apartar aquello de su mente.

Cuando llamaron a la puerta, Sally corrió a buscar los zapatos y el bolso de Mila.

–¡Un momento! –exclamó su amiga–. Te desearía todo lo mejor, pero creo que ya lo tienes –dijo antes de darle un cálido abrazo.

–Sí que lo tengo. Soy muy afortunada. Nunca sabrás cuánto agradezco que me sugirieras hacer ese viaje a Nueva York. Si no te hubiera hecho caso, ahora no estaría aquí, a punto de embarcarme en mi luna de miel con el hombre más maravilloso del mundo.

Sally dio un paso atrás y le sonrió.

–Bueno, no sé, quiero creer que el destino juega su baza en las cosas importantes de la vida.

–El destino, el tenerte como amiga… fuera lo que fuera, te estoy muy agradecida. Cuídate, Sally; nos vemos a la vuelta.

–Mándame una postal –le dijo su amiga con un guiño.

Mila abrió la puerta y se encontró con Thierry, que le ofreció su brazo.

–¿Lista, ángel mío?

–Más que lista –respondió ella.

Bianca

¿Sería posible romper las reglas del compromiso?

Cuando Cristiano Marchetti se declaró a su antigua amante, Alice Piper, el compromiso tenía fecha de caducidad. Bastaba que permanecieran seis meses casados para satisfacer las condiciones impuestas en el testamento de su abuela. Pero el próspero hotelero tenía una agenda oculta: vengarse de Alice por haberlo abandonado siete años atrás

Alice necesitaba la seguridad económica que le podía proporcionar su enemigo, pero cada uno de sus enfrentamientos se convertía en una tentadora oportunidad. Y a medida que iba descubriendo al hombre que se ocultaba bajo una coraza de aparente frialdad, empezó a preguntarse si no sería posible recorrer el camino al altar como mucho más que la esposa temporal de Cristiano.

UNA TENTADORA OPORTUNIDAD

MELANIE MILBURNE

Bianca

¡Se vio obligado a recurrir a la sensualidad con el fin de vencer la resistencia de su prometida!

El rey Reza, prometido con la princesa Magdalena desde la infancia, por fin había abandonado la búsqueda de su prometida. Pero la sorprendente aparición de una fotografía de la elusiva princesa avivó una vez más la leyenda que había cautivado a su nación… Y a Reza no le quedó más remedio que reiniciar la búsqueda y exigir el derecho a su reina.

Para Maggie, camarera de profesión, la historia de su familia era un misterio. Y aunque, con frecuencia, había soñado con su príncipe azul, nunca le había imaginado tan extraordinariamente guapo como Reza. Pero su naturaleza independiente no le permitía aceptar lo que era un derecho de nacimiento a menos que se cumplieran ciertas condiciones.

NOVIA POR REAL DECRETO

CAITLIN CREWS

Olvida mi pasado
Sarah M. Anderson

Matthew Beaumont no quería que los escándalos arruinaran la boda de su hermano, pero Escándalo era el segundo nombre de Whitney Maddox. Había permitido que la extravagante actriz y cantante asistiera a la boda con la condición de que se comportara. Pero había acabado siendo él el que no había sabido guardar las formas con la irresistible dama de honor.

Decidida a enterrar su pasado, Whitney hacía años que llevaba una vida tranquila. Sin embargo ,después de acabar en los fuertes brazos de Matthew por culpa de un tropiezo, no había podido dejar de imaginar una no-che de pasión con el padrino.

El padrino podía ser el regalo perfecto,
un regalo que podía ser para siempre

¡YA EN TU PUNTO DE VENTA!